Cario 'Mlaen

Cario 'Mlaen

JOANNA DAVIES

Gomer

Cyhoeddwyd yn 2014 gan
Wasg Gomer, Llandysul, Ceredigion SA44 4JL
www.gomer.co.uk

ISBN 978 1 84851 714 1

Cyhoeddir gyda chymorth ariannol
Cyngor Llyfrau Cymru.

Argraffwyd a rhwymwyd yng Nghymru gan
Wasg Gomer, Llandysul, Ceredigion.

I Sara a Clare. Ffrindiau oes.

Diolch i Mair Rees a'r criw yn Gomer

Pennod 1

Cerys (Ionawr 1998)

'Mam! Sgen ti bâr o *eyelashes* sbâr?' holodd Cerys yn ddiamynedd wrth iddi gamu i mewn i'w *g-string* croen llewpard yn osgeiddig. 'Mam' oedd llysenw'r ddynes ddu drawiadol o'r enw Coco oedd yn gofalu am ferched Clwb Minx, y *lap-dancing and gentleman's club* fel yr oedd yn cael ei ddisgrifio ar arwydd neon y clwb yn Camden.

'Dyma ti, Cerys,' agorodd Coco'r hen focs bisgedi Family Pride gan dwrio am bâr o flew llygaid ffug wedi'u haddurno gyda *sequins*. 'Bydd hwnna'n dair punt, cofia.'

'Ie, ie, rho fe ar y slat,' dywedodd Cerys yn ddifater wrth iddi roi'r glud am y blew llygaid a'u gosod fel arbenigwr ar ei hwyneb.

Doedd hi byth fel arfer yn anghofio rhan allweddol o'i *kit* gwaith. Roedd y *kit* hwnnw yn un cynhwysfawr: y *g-string* a'r bra llewpard, yr esgidiau plastig tryloyw efo sawdl chwe modfedd, y bag colur yn cynnwys y blew llygaid a'r darn gwallt platinwm a drawsffurfiai ei gwallt aur cyrliog yn fwng ceffyl palamino hyd ei phen-ôl.

Roedd Cerys yn gweithio fel *hostess* a dawnswraig yng nghlwb Minx ers tair blynedd bellach. Ers iddi adael Aberystwyth chwe blynedd ynghynt, roedd hi wedi trio amrywiaeth o swyddi. Tempio mewn swyddfeydd bach

7

di-nod gyda'r *office grunts* neu weini mewn tai bwyta ffroenuchel. Yna, pan gollodd ei swydd yn y River Café (roedd y prif weinydd yn hen fitsh eiddigeddus a oedd yn casáu Cerys), penderfynodd drio ei lwc yn Minx. Roedd hi'n gweld rhai o ferched Minx yn aml yn y tŷ bwyta ac roedden nhw bob amser yn gwisgo'r dillad mwya costus ac yn rhoi tipiau hael iawn iddi hi a'i chyd-weithwyr. Roedd hi eisiau bod yr ochr yna o'r bwrdd, nid yn chwysu am wyth awr a'i gwallt yn drewi o arlleg i ennill cyflog pathetig. Ac wrth gwrs, yn Minx, byddai yna gyfle i gwrdd â dynion cefnog fyddai'n ei maldodi yn lle'r twats oedd yn dod allan gyda'u gwragedd i'r River Cafe.

Cofiai fel y bu'n rhaid iddi ddawnsio yn y clyweliad cyntaf yn Minx a'r ffordd y gwnaeth y merched eraill chwerthin am ei phen hi – doedd hi ddim yn ddawnswraig reddfol a dweud y lleia. Roedd rheolwr y Clwb, Sammy, wedi gweld potensial ynddi fodd bynnag. Gŵr pigfain yn ei chwedegau oedd Sammy, a bu'n un o dywysogion Soho cyn iddo godi ei bac i ardal Camden. Roedd gan yr ardal honno gyngor hael a oedd yn caniatáu i ferched y clybiau berfformio'n noeth. Roedd hi a'r pedair merch arall oedd yn dawnsio fel bwganod brain yn eu dillad isaf, yn goesau a bronnau afreolus, yn cael eu hasesu fel ceffylau yn y Sioe Frenhinol. Cawsant eu cloriannu gan 'Coco', rheolwr y merched, a oedd yn eu graddio'n uchel ei chloch. Roedd Cerys yn 'Welsh pit pony,' dywedodd Sammy, ond ategodd Coco, 'with potential – good body, bit chunky around the thighs – but decent mouth, tits and sex appeal.'

'Chunky around the thighs!'

Doedd Cerys erioed wedi cael ei beirniadu am ei chorff o'r blaen. Yn wir, roedd hi'n browd iawn o'i bronnau 34 DD a'i chanol bychan. Ond dair blynedd yn ddiweddarach, gwyddai fod asesiad Coco ar y pryd yn gywir. Doedd dim lle am owns o fraster ar y corff yn y gêm 'ma, lle roedd yna ryw ddeugain o ferched yn cystadlu yn eich erbyn bob nos i gael eu dewis fel 'merch' y cwsmer am y noson a doedd neb eisiau dewis ffati.

Bu bywyd yn Minx yn wers galed i Cerys. Roedd y clwb yn codi ffi am bob dim. Roeddech chi'n gorfod talu dirwy o £20 os oeddech chi'n colli'ch dawns am eich bod yn hwyr, £10 os oeddech chi'n anghofio'ch esgidiau dawnsio. Roedd hynny heb sôn am y £100 roedd pob merch yn ei dalu i'r clwb yn nosweithiol am y fraint o gael gweithio yn Minx. Ond os oeddech chi'n boblogaidd gyda'r cwsmeriaid roedd modd ennill hyd at £1,000 y noson neu fwy. Record Cerys oedd £2,500, pan ddaeth miliwnydd ifanc a ffôl ugain oed o Chelsea i'r clwb a mynnu bod Cerys yn ymuno ag ef yn y blwch VIP. Dyma lle roedd merched yn mynd i gael dawns 'breifat' gyda chwsmer.

Wrth gwrs, roedd cyfathrach rywiol gyda chwsmer 'yn erbyn y rheolau', ond fel y dywedodd Sammy a Coco wrth y merched droeon, 'Rydyn ni'n cadw at y rheolau, dim ond pan fo' na beryg i ni gael ein dal.'

Roedd Cerys wedi'i dysgu gan Coco i adnabod plismon o bell – roedden nhw mor amlwg. Yn trio'n rhy galed i fod yn 'un o'r bois' a doedd hi heb gael ei dal eto. Doedd hi ddim yn gwneud *habit* o gynnig ffafrau rhywiol yn y blwch VIP, dim ond os oedd y pynter yn edrych yn ariannog os oedd ei oriawr yn ddrud, ei siwt yn gostus a'i ewinedd yn lân. Roedd y crwt o Chelsea wedi dod yn ei drwser cyn iddi fedru gwneud rhyw lawer gyda fe a dyna'r £2,500 rhwydda enillodd erioed.

Ar y cyfan, hoffai fyd y clwb; roedd pob noson yn newydd ond â'r un defodau. Roedd hi wrth ei bodd ag arogl y persawr a chyffro'r nos. Byddai'r merched yn cyrraedd bob nos yn eu jîns a'i treiners; rhai yn stwffio *panini* neu greision, eraill yn edrych yn ddiraen ac yn flinedig. Ond yna trwy ryw ryfedd wyrth, byddent oll yn trawsffurfio'n adar o baradwys prydferth o *glitter chiffon* a lês, yn barod i rwydo'u prae.

Yn 24 oed, Cerys oedd un o ferched hyna'r clwb erbyn hyn ac roedd hyn yn ei phoeni. Dim ond 29 oed Coco, a oedd yn ymdebygu i Naomi Campbell, y fodel, o ran pryd a gwedd. Dechreuodd hithau fel dawnswraig yn Minx ddeng mlynedd ynghynt a nawr roedd hi wedi ymddeol ers rhyw ddwy flynedd ac roedd ganddi blentyn bach tair oed hefyd, Leon, cannwyll ei llygad. Bellach hi oedd 'Mam' yn llygaid y merched eraill, yn gofalu eu bod fel catrawd o filwyr proffesiynol yn eu crefft. Yn anffodus, rhywbeth digon cyffredin ym myd y clybiau dawns oedd hyn – oes fer iawn oedd gan *mayflies* Minx. Fel arfer, byddai'r merched yn gorffen dawnsio pan oeddent yn cyrraedd eu hugeiniau hwyr. A doedd Cerys ddim eisiau bod yn 'fam' i neb. Gobeithiai y byddai'n dod o hyd i filiwnydd a fyddai'n syrthio amdani ac yn barod i'w chadw mewn fflat chwaethus ym Mayfair. Ond doedd hi heb ddod o hyd iddo fe eto.

Roedd yna gymaint o gystadleuaeth gyda merched bach ifanc prin 18 oed yn heidio o Ddwyrain Ewrop, yn goesau i gyd ac yn barod i wneud unrhyw beth i ennill arian. Ond roedd gan Cerys y ffactor 'x', rhyw apêl rywiol annelwig oedd yn tynnu dynion fel gwybed tuag ati. Defnyddiai ei llygaid gleision fel arf i'w rhwydo gan ddangos ei bod hi'n fenyw bwerus oedd yn barod amdanynt. Yn wir, Cerys oedd *Queen Bee* merched Minx erbyn hyn ac roedd hi wrth ei bodd gyda'i phŵer.

Doedd hi ddim yn cymysgu gyda'r merched eraill, Coco oedd ei hunig gyfaill yn Minx. Doedd dim modd cael cyfeillion ymhlith y gystadleuaeth. Gwyddai fod llawer o'r merched eraill yn ei chasáu – yn genfigennus o'i phoblogrwydd a'i phrydferthwch. Ond doedd Cerys yn malio dim am beth feddyliai'r sguthanod cenfigennus amdani – roedd hi'n rhy brysur yn sicrhau mai hi oedd *numero uno*.

Gorffennodd roi'r minlliw coch Deadly Dahlia ar ei gwefusau, a thynnodd y ffrog gwta *lycra* goch amdani (roedd rheolau Minx yn caniatáu i'r ffrog gyrraedd gwaelod y *crotch*) a throdd at Coco am gymeradwyaeth. 'Secs-bom fel arfer Cerys!' winciodd Coco arni wrth iddi helpu un o'r merched newydd i osod wig binc am ei phen. Chwythodd Cerys gusan at ei ffrind gan gamu allan i'r clwb fel *gladiator*.

Bu clwb Minx yn theatr yn ei ddydd ac roedd yr hen

lwyfan a chylch y llwyfan yn dal i fodoli. Roedd grisiau y tu cefn i'r llwyfan ond doedden nhw ddim yn mynd i unman. Roedd y muriau duon wedi'u haddurno â theils arian. Roedd y byrddau wedi'u haddurno â llenni coch tywyll a chanhwyllau gwynion wedi'u gosod mewn gwydrau gwin ac arwyddion mawr print yn hysbysebu, 'nude dances in all the private boxes' Roedd yr hen seddi yn y llofft wedi eu rhwygo allan o'r theatr ers blynyddoedd. Erbyn hyn roedd yna ddwy res o chwe *booth* neu 'flwch' bach VIP wedi'u gwahanu gan lenni melfed cochion, lle roedd lle i ddau berson eistedd. Safai un *bouncer*, gŵr enfawr moel, mewn siwt ddu, Roy, â'i gefn at y llwyfan yn monitro beth oedd yn digwydd yn yr ardal VIP. Doedd Roy byth yn gwenu. Safai yno fel delw gref, ond roedd ei bresenoldeb yn ddigon, fel arfer, i gadw trefn ar y pynters.

Roedd yna bwysau hefyd ar y merched i sicrhau bod y dynion yn gwario digon o arian yn y bar ac roedd Cerys yn feistres ar hyn. Roedd hi bob amser yn annog y pynter i'w 'sbwylio hi' gyda llymaid o fodca. Roedd potel o fodca yn costio £160, felly roedd hyn yn codi elw sylweddol i'r clwb. Ac roedd Cerys yn ddigon proffesiynol erbyn hyn i osgoi meddwi ei hunan, ond sicrhau bod y pynter yn ddigon meddw i wario ffortiwn. Oherwydd ei sgiliau gwerthu a'i statws ym Minx, roedd Cerys yn sicrhau sedd bob noson wrth y bwrdd, braint nad oedd yn cael ei rhoi i lawer. Os oedd merch yn eistedd wrth fwrdd, byddai'n sicr o gael ei thalu tra oedd y merched nad oeddent yn cael eu dewis gan y pynters yn mynd adre'n waglaw. 'The law of the jungle,' fel y dywedai Coco'n sinigaidd.

Gan fod Coco yn gwasanaethu y tu ôl i'r bar wedi iddi gael y merched yn barod, roedd hi mewn lle da i anfon cwsmeriaid cefnog yr olwg draw at fwrdd Cerys. Byddai Cerys wedyn yn gwobrwyo Coco gyda chil-dwrn sylweddol ar ddiwedd y noson. Roedd hi'n bartneriaeth lwyddiannus iawn.

Y noson honno, sylwodd Cerys yn syth fod yna gynnwrf anarferol ymysg y merched oedd yn sefyllian wrth y bar. Cerddodd o'i bwrdd tuag at Coco a gofyn yn dawel, 'Pam mae'r ieir mor fywiog gwed?'

Dywedodd Coco yn isel, 'Ma 'da ni VIP mewn heno! 'Co fe, draw fan yna.'

Trodd Cerys i edrych at y bwrdd lle'r oedd yna griw o bedwar o ddynion ifanc llewyrchus yr olwg yn eistedd. Roeddent oll yn gwisgo siwtiau drud Armani ac roedd un ohonynt yn hynod olygus: tywyll, cyhyrog, efo gwen ddireidus a llygaid duon – jyst ei theip hi. 'Y pishyn?' holodd Cerys gan ostwng ei ffrog *lycra* ychydig i arddangos ei bronnau i'w llawn botensial.

'Pêl-droediwr gydag Arsenal, Rhys Jones.'

'Dwi heb glywed amdano fe!'

'Dyw e heb fod gyda nhw'n hir, ond mae e yn y papurau dipyn – y Ryan Giggs newydd medden nhw.'

'Cymro?' crechwenodd Cerys.

'Ie glei – y dyn perffaith i ti!' chwarddodd Coco.

Dechreuodd Cerys gerdded tuag at fwrdd y pêl-droediwr a sylwodd fod un o'r merched newydd, Kim neu rywbeth oedd ei henw hi, rhyw gochen fach synthetig, wedi cael yr un syniad. Cydiodd Cerys yn ei braich a sibrydodd, 'Ma' Coco ishe ti nawr, Kimmy, felly bydda'n ferch dda a cher draw ati.'

Edrychodd Kim ar Cerys mewn syndod ond gwyddai nad oedd pwynt ei chroesi. Roedd Sally, un o'i chyd-weithwyr wedi dysgu hynny'r ffordd galed rhyw flwyddyn ynghynt, ac wedi gorfod anghofio am ei gyrfa ddawnsio yn Minx o ganlyniad. Wel, ddylai Sally ddim fod wedi ceisio dwyn un o gleientiaid gorau Cerys – y bitsh fach! Gwelwodd Kim wrth edrych i fyw llygaid Cerys oedd yn oer fel iâ. 'O ... cê,' dywedodd Kim yn ufudd fel oen bach a gadael yr arena yn wag i Cerys.

'Noswaith dda bois,' dywedodd Cerys yn hyderus wrth y dynion. 'Hoffech chi ddawns fach?'

Edrychodd i lygaid duon Rhys Jones yn fwriadol gan roi ei sylw iddo fe yn unig. Yffach, roedd e'n bishyn a hanner, yn fwy golygus na Clooney hyd yn oed. Byddai'n ystyried dawnsio am ddim i hwn! Deallodd yn syth ei fod e'n ei ffansïo hithau hefyd wrth iddo asesu ei hwyneb, ei bronnau a'i choesau brown siapus yn fanwl. 'Ie, pam lai?' dywedodd un o'i gyfeillion a'i llygadu'n farus.

Dechreuodd Cerys ddawnsio i'w hoff gân (roedd Coco yn feistres gyda'i hamseru) 'Beautiful Stranger' gan Madonna. Gwyddai ei bod yn edrych yn ffantastig a bod pob dyn yn yr ystafell yna (os nad oedd e'n farw neu'n hoyw) eisiau rhyw gyda hi yn y fan a'r lle. Talodd hi sylw i bob un o'r dynion ond Rhys oedd yn denu ei sylw pennaf. Bodiodd ei gadair a siglo'i phen-ôl ger ei wyneb – ond heb ei gyffwrdd o gwbl, dim blewyn hyd yn oed. O oedd, roedd hi'n feistres ar bryfocio'r pynters. Ac wrth gwrs roedd y rheolau yn mynnu nad oedd modd 'cyffwrdd' yn y rhan gyhoeddus o'r bar. Os oedd pynter eisiau mwy, byddai'n rhaid iddo dalu mwy i fynd â'r ferch i'r ardaloedd VIP i fyny'r grisiau.

Daeth y ddawns i ben a throdd Cerys i ffwrdd fel petai am adael y bwrdd. Ond gafaelodd Rhys yn ei llaw yn chwareus, 'Dwi'n meddwl yr hoffwn i ddawns fach breifat – wedi'r cwbl, dim bob dydd ma dyn yn medru cael cwmni Cymraes fach secsi yn Camden!' Chwarddodd ei gymdeithion a'i gymeradwyo.

Gwenodd Cerys fel cath a'i arwain tuag at y blychau VIP i fyny'r grisiau. Cariai Rhys *magnum* o siampên yn ei law ac roedd e'n eitha meddw, ond ddim yn rhy feddw, diolch byth. Roedd Cerys am dorri ei rheol a gadael iddo ei bodio hi gymaint ag y leiciai. Doedd hi heb gael dyn mor rhywiol â hwn yn ei chrafangau erioed o'r blaen.

Eisteddodd Rhys yn y blwch gan edrych arni'n llawn chwant. Caeodd Cerys y llenni melfed amdanynt a'u cau mewn cocŵn coch.

'Wyt ti'n gwybod beth i ddisgwyl fan hyn on'd wyt ti?' dywedodd Cerys yn gellweirus wrth iddi arllwys bob i wydr o siampên iddynt. Doedd hi ddim am ddangos iddo ei bod hi'n ei adnabod fel rhywun enwog, rhag iddo fynd yn paranoid. Roedd rhai selébs wrth eu bodd yn cael eu hadnabod ond roedd eraill yn hoffi bod yn anhysbys a doedd hi ddim yn siŵr eto i ba gategori perthynai Rhys Jones.

'Ydw, ond licen i se ti'n gweud wrtho i ...'

'Well gen i *ddangos* i ti ...'

Roedd y gerddoriaeth unwaith eto yn addas iawn ar ei chyfer, 'One Way or Another' gan Blondie. A gyda hynny, dechreuodd Cerys stripio'n gelfydd nes ei bod yn gwbl noeth ac eithrio'r *g string* bach croen llewpard. Lledodd ei choesau a dechrau dawnsio uwch ei ben a gwyddai ei bod wedi ei swyno.

'Ydw i'n gallu dy gyffwrdd di?' dywedodd Rhys, ei lais yn floesg.

'Ddim eto,' ffugddwrdiodd Cerys gan blygu i lawr o'i flaen. Gallai deimlo'r tensiwn rhywiol wrth iddi barhau i ddawnsio a symud yn agosach ato.

Gorffennodd y gân a sibrydodd yn ei glust, 'Fedri di gyffwrdd â fi nawr.'

Tynnodd Rhys hi tuag ato'n farus a'i chusanu'n nwydus.

Roedd Cerys wedi arfer cusanu pynters ond roedd hyn yn bleser, ddim yn waith. Roedd Rhys yn ifanc iawn, 'chydig yn iau na hithau roedd hi'n meddwl, ond roedd e'n amlwg yn brofiadol. Teimlodd ei ddwylo'n tynnu ei *g-string*. Fe wnâi hi adael iddo ei byseddu ond byddai'n rhaid iddo aros i gael mwy ...

Awr yn ddiweddarach a doedd y ddau heb sgwrsio fawr, cymaint oedd yr atyniad corfforol rhyngddynt ac roedd Roy y bownsar yn pesychu y tu allan i lenni'r blwch. 'Mae'n ddrwg 'da fi, ond mae'n awr ni wedi dod i ben,' dywedodd Cerys yn ysgafn wrth iddi ddechrau casglu ei dillad isaf.

Gwenodd Rhys a thynnu dyrnaid o bapurau hanner canpunt o'i waled ledr, 'Faint am y noson?'

+

Lois (Ionawr 1998)

Teimlai Lois y chwys yn rhedeg fel nant y mynydd i lawr ei chefn. Diolchodd i Dduw ei bod wedi gwisgo ffrog haf ysgafn gan fod yr Undeb yng Nghaerdydd fel *saun*a y noson honno. Roedd hi wedi mynd i gig gyda Sara oherwydd bod ei ffrind, Clare, yn gweithio i label recordiau bychan yn y ddinas ac yn cael tocynnau am ddim o dro i dro. Fel arfer grwpiau bychan amrywiol oeddynt, a heno, Dante, Yr Ergydion a Tickety-Boo oedd yn perfformio. Roedd y tri yn 'metal' iawn ac yn sicr o achosi cur pen iddi. Dechreuodd feddwl ei bod efallai'n mynd yn rhy hen i fynychu gigs fel hyn er mai dim ond 24 oed oedd hi. Ond roedd y giwed o fyfyrwyr ifanc brwd oedd yn neidio fel cŵn bach o'i chwmpas yn gwneud iddi deimlo fel geriatrig mewn parti cylch meithrin.

Edrychai Sara mor ddiflas â hithau ond roedd Clare yn ei helfen yn dawnsio fel y bwgan brain yn y *Wizard of Oz* tra bod Sara a Lois yn canolbwyntio ar ddrachtio'u Budweisers yn y gornel. O'r diwedd, daeth saib o'r gyflafan wrth i Dante orffen chwarae.

Daeth Clare draw atynt yn wên o glust i glust. 'Beth o'ch chi'n feddwl? Ffab on'd o'n nhw? Ma'r label yn disgwyl pethe mowr wrthyn nhw.'

Cyn i Sara a Lois gael cyfle i ffugio eu brwdfrydedd, daeth dyn go bishynllyd yn ei dridegau hwyr i fyny at Clare a'i chofleidio'n gyfeillgar.

'Guto!' dywedodd Clare yn falch a'i gofleidio yn ôl. 'Ferched, dyma Guto, fy mòs i yn y label. Guto, dyma Lois a Sara.'

'Neis i gwrdd â chi,' dywedodd Sara a Lois fel un.

'Shwd y'ch chi ferched,' dywedodd Guto gan wenu arnynt yn serchog. Gwnaeth Lois *double-take*. Mi oedd e'n eitha golygus am ddyn yn ei dridegau hwyr. Roedd ganddo wallt melyngoch (a doedd hi byth fel arfer yn hoffi dynion pryd golau), llygaid glas treiddgar a chorff cadarn, cyhyrog.

'Dwi'n mynd i'r bar,' dywedodd Sara.

'Daf i gyda ti.' A diflannodd Sara a Clare tuag at y bar gan adael Guto a Lois ar eu pennau eu hunain.

'Felly, be oeddet ti'n meddwl am Dante?' holodd Guto â gwên ddireidus.

'Wel, o'n nhw'n … fywiog iawn,' gwenodd Lois yn ddiplomatig. Doedd hi ddim yn hoffi dweud wrth fòs y label recordiau eu bod yn swnio'n uffernol.

'A, dwi'n gweld,' nodiodd Guto yn ddoeth. 'Rwyt ti'n meddwl eu bod nhw'n crap!'

'Wedes i mo hynny!'chwarddodd Lois.

Cynigodd Guto sigarét iddi a'i chynnau'n gelfydd. 'Wel, dy'n nhw ddim at flas pawb, ond *mae* 'na dalent yna, ma' jyst ishe mwy o gigs arnyn nhw i wella'u crefft. Pa fandiau wyt ti'n hoffi, Lois?'

'Dwi'n hoffi Blur, Pulp a hen stwff fel Motown hefyd,'

dywedodd Lois gan osgoi sôn taw'r CD roedd hi'n ei chwarae fwyaf oedd trac sain *Dirty Dancing*.

'Mmm, mae chwaeth dda iawn gyda ti,' gwenodd Guto arni gan edrych yn ddwfn i'w llygaid.

Roedd Lois yn adnabod yr arwyddion, roedd yr hen gadno'n fflyrtio â hi. 'Beth amdanat ti, Guto? Os wyt ti'n hoffi Dante, mae'n rhaid dy fod ti'n hoffi Green Day hefyd!' dywedodd Lois yn ffug ddifrifol.

'O ydw, dwi'n dwlu arnyn nhw,' dywedodd Guto gan rolio'i lygaid. 'Wel, hoffwn i petae nhw ar fy label i. Bydden i'n filiwnydd!' Chwarddodd drachefn. 'Ond, ryw ddydd, gobeithio, bydd ein hartistiaid ni hefyd yn llwyddiannus ac wedyn galla i ymddeol a chwarae gitâr ddydd a nos.'

'O ie, wnaeth Clare sôn dy fod yn gitarydd rili dda.'

'Wel, dwi'n ocê,' dywedodd Guto yn ddiymhongar. 'Dwi'n gorfod chwarae heno mae arna i ofn. Mae gitarydd Tickety Boo yn sâl gyda'r ffliw.'

'Dwi'n edrych 'mlaen at dy weld di'n perfformio' ciledrychodd Lois ar ei freichiau cryfion gan deimlo'r ysfa i'w bodio.

Gwenodd Guto arni, 'Bydda'n garedig!'

Daeth saib lletchwith wrth i'r ddau ohonynt synhwyro'r atyniad rhyngddynt ond daeth Clare a Sara i ymuno â nhw o'r bar a dechreuodd y band nesa berfformio'n fyddarol. Roedd Clare yn ysu i ddawnsio a thynnodd hi Guto, Sara a Lois gyda hi i'r llawr dawns. Dechreuodd y pedwar ddawnsio gyda'i gilydd a dechreuodd Lois fwynhau'r noson. Er gwaetha'i oed, roedd Guto yn ddawnsiwr medrus ac roedd Lois yn ceisio dawnsio'n cŵl ger ei ochr, er nad oedd dawnsio'n un o'i chryfderau. Gwenodd Guto arni a chydio'n ei dwylo wrth iddynt ddawnsio. Plygodd ei ben tuag ati a'u chusanu. Yffach! O'dd e ddim yn credu mewn oedi. Roedd Clare a Sara wedi diflannu i'r dorf o ddawnswyr a rhoddodd Lois ei breichiau am ei wddf a'i gusanu'n nwydus yn ôl. Oedd, roedd yn gusanwr ffantastig a'i dafod yn symud yn gelfydd o gwmpas ei cheg. Roedd ei stybl yn brathu ei gên ond doedd hi ddim yn malio wrth i ergydion trwm y bas adleisio ergydion ei chalon hithau.

Daeth y gân i ben yn rhy fuan iddynt a gwahanodd y ddau o'r gusan yn anfodlon. Edrychodd Guto arni'n wyliadwrus a dywedodd yn dawel, 'Dwi erioed wedi gwneud hyn o'r blaen, Lois.'

'Be? *Slow-developer* wyt ti neu be?' chwarddodd Lois wrth iddi gydio yn ei law a'i dynnu tuag at y gornel iddynt gael eu gwynt yn ôl atynt.

'Wel, rwyt ti mor bert, o'n i'n ffansïo ti'n syth ...'

'Sdim byd yn bod ar hynny,' meddai Lois yn fflyrti. Jiw, roedd dynion hŷn fel chwa o awyr iach. Dim potsian a chwarae gemau, roedden nhw'n dweud eu dweud yn syth ac roedd hi'n bluen yn ei het fod dyn soffistigedig fel Guto yn ei ffansïo.

'Dwi'n briod, Lois,' dywedodd Guto yn dawel wrth iddo godi ei law chwith a dangos y fodrwy iddi.

Syllodd Lois arno am rai eiliadau yn ansicr beth i'w ddweud. *Typical*! Dyma'r boi cynta iddi gwrdd age ers tipyn oedd hi wedi ffansïo gymaint ac roedd e'n briod.

'Wel, bach o hwyl y'n ni'n ei gael, dyna i gyd,' chwarddodd Lois yn ysgafn gan geisio ymddangos yn soffistigedig. 'Un gusan fach oedd hi, sdim ishe gwneud ffŷs.' A diolch i'r alcohol oedd yn ffrydio trwy ei gwythiennau, gafaelodd ynddo a'i dynnu tuag ati a'i gusanu drachefn. Roedd rhywbeth drwg a chyffrous mewn snogio dyn priod a phrofiadol fel hyn.

Teimlodd ei bidyn yn ei jîns yn caledu yn erbyn ei choes a chusanodd ef yn ddyfnach. Roedd yn deimlad llesmeiriol a gwyddai y byddai cael rhyw gyda Guto yn brofiad bythgofiadwy. Doedd hi ddim eisiau dwyn ei wraig e, felly pa ddrwg fyddai cael *affair* corfforol yn unig?

Daeth Sara a Clare draw atynt a gallai weld wrth eu hwynebau eu bod wedi gweld Guto a hithau'n cusanu. Synhwyrai Guto hyn hefyd a dywedodd yn gyflym, 'Reit, wel, esgusodwch fi, mae'n rhaid i fi fynd at y band.' Trodd at Lois a'i chusanu'n ysgafn, 'Wela i ti wedyn.'

'Beth ffyc ti'n neud?' holodd Clare unwaith roedd Guto wedi gadael.

'Dim byd,' dywedodd Lois yn gobeithio na fyddai *scene*.

'Mae e'n briod, Lois,' dywedodd Sara yn amlwg yn meddwl nad oedd hi'n gwybod.

'Fi'n gwybod'.

'Be? A ti'n snogio fe yma o flaen pawb! Be sy'n bod arnat ti gwed?' dywedodd Clare. 'Fy mòs i o bawb! Ma' dau o blant bach da fe a chwbwl!'

Plymiodd calon Lois i'w hesgidiau pan glywodd hyn.

Plant a chwbwl ... Reit, fyddai hi ddim yn potsian gyda Guto, doedd hi ddim eisiau achosi trwbwl i bobl eraill.

'Bach o hwyl oedd e 'na gyd! Dwi newydd gwrdd â'r boi – y'n ni wedi meddwi ... Dim ond snog oedd e!'

'Gwd!' dywedodd Clare yn ffrom. 'Dwi wedi cwrdd â'i wraig e ac mae'n real *ball-breaker*, 'smo ti ishe cael dy hunan mewn i drwbwl gyda dyn priod, Lois, cred ti fi. A dwi'n synnu at Guto, o'n i ddim yn meddwl ei fod e'n *player.*'

'Ddigwyddith e ddim eto, ocê?', dywedodd Lois yn ddiamynedd wrth i'r band ddechrau chwarae.

Safai Guto gyda'r band yn edrych yn gwbl gartrefol gyda'i gitâr fas. Ac yn rhyfedd iawn, er ei fod e o leia ddeng mlynedd yn hŷn nag aelodau eraill y band, edrychai fel dyn go iawn, tra bod y bechgyn eraill yn edrych yn ifanc ac yn anaeddfed wrth ei ochr. Ceisiodd hi beidio meddwl am y gitarydd diwetha a gipiodd ei chalon; Daniel, ei chariad cyntaf yn y coleg a gyflawnodd hunanladdiad bedair blynedd ynghynt. Roedd hi wedi cymryd sbel i Lois ddod dros y golled enbyd. Wedi gadael Aber ynghanol ei blwyddyn gynta, ar ôl marwolaeth Daniel, penderfynodd ddechrau bywyd newydd ym Mhrifysgol Caerdydd yr hydref canlynol. Gydag amser a chriw newydd o ffrindiau na wyddai ei hanes yn Aberystwyth, roedd hi wedi dod i delerau â'r golled. Ond nawr ac yn y man, fel heno, deuai'r atgofion 'nôl yn llu.

Ond doedd Guto yn ddim byd tebyg i Daniel a oedd yn dal ac yn dywyll ac yn *moody* – y Mr Darcy ystrydebol er nad oedd hwnnw wedi taflu ei hun oddi ar fryn i'r môr chwaith. Oedd, roedd Lois wedi dod i arfer defnyddio hiwmor tywyll ers colli Daniel. Na, mewn ffordd ryfedd, roedd Guto yn ei hatgoffa o'i thad, yr un llygaid glas treiddgar, yr un breichiau cryfion. Chwarddodd i'w hun – byddai'r seicolegwyr yn cael *field-day* gyda hyn, ond roedd hi'n ddigon cyffredin i ferch chwilio am ddyn oedd yn ei hatgoffa o'i thad. Wedi'r cwbl mae pawb eisiau dyn cryf a solet i ofalu amdanynt, hyd yn oed y ffeminist mwyaf pybyr, wel, dyna be ddarllenodd Lois yn *Marie Claire* ta beth.

Ond na, roedd e'n briod a doedd hi ddim yn fitsh. Cofiodd sut brofiad gafodd ei ffrind penna yn y coleg, Cerys, o focha gyda dyn priod. Roedd yn rhaid iddi anwybyddu'r atyniad. Doedd dim gwerth meddwl am gael perthynas gyda Guto.

✦

Roedd deufis wedi gwibio heibio ers y gig yn yr Undeb a gwelai Lois a Guto ei gilydd yn gyson. Eu man cyfarfod arferol oedd Bae Caerdydd ac roedd yr amser a dreulient gyda'i gilydd yn cerdded ac yn siarad yn ffantastig. Perthynai elfen o berygl i'w cyfarfodydd ac roedd y ffaith bod Guto i'w weld mor wahanol i'r dynion ifanc y bu Lois yn eu gweld ers cyrraedd Caerdydd yn cyffroi'r berthynas ymhellach. Roedd hi wedi cadw dynion hyd braich ers colli Daniel; doedd hi ddim am dorri ei chalon eto. A Guto oedd y dyn cynta i ennyn teimladau dwys ynddi ers pum mlynedd.

Ceisiodd Lois beidio â meddwl dim am ei wraig a'i blant, nid am ei bod yn galon-galed dywedodd wrtho'i hun, ond achos nad oedd e'n ddim byd i'w wneud â hi a byddai'n dryllio'r berthynas. Ac roedden nhw'n perthyn i'w fywyd 'arall'. Y bywyd hebddi hi. Gwyddai fod ganddo fab a merch, efeilliaid chwe blwydd oed, Nansi a Jac, a Lisa oedd enw ei wraig. Ond doedd hi ddim eisiau gwybod mwy ac roedd Guto yn deall hynny. Felly ni fyddai'n trafod ei deulu gyda hi o gwbl, heblaw os oedd yn gorfod newid eu trefniadau cyfarfod am fod un o'r plant yn sâl neu os oedd noson rieni neu rywbeth.

Nid hi oedd yn briod, nid hi oedd yn twyllo. Roedd hi'n sengl ac yn medru gwneud beth roedd hi ei eisiau. Roedd hi'n amlwg iddi erbyn hyn nad oedd Guto wedi cael perthynas tu allan i'w briodas nes iddi hi lanio yn ei fywyd. Roedd wedi dweud hyn wrthi droeon, a chymerodd dipyn iddo fedru perfformio'n rhywiol gyda hi ar y cychwyn gan fod ei gydwybod yn ei bigo. Roedd hyn yn plesio Lois gan ei fod yn dangos nad oedd e'n cael *affairs* rownd y ril a'i bod hi'n fwy na *'secs-bydi'* iddo. Pan lwyddai Guto i anghofio am ei deulu gartre, roedd y rhyw yn *mind-blowing*. Roedd e mor wahanol i'w phrofiadau gyda bechgyn ei hoed hi. I ddechrau roedd ei gorff yn galetach, ei dechneg yn fwy araf a phwrpasol a'i ysfa i'w phlesio hi'n gorfforol yn gwbl groes i'r *wham-bams* yr oedd hi wedi eu dioddef yn y gorffennol. Roedd rhyw gyda Guto fel cyffur, a dyna'r glud oedd yn cynnal eu perthynas.

Wrth iddynt eistedd yn y car un noson tu allan i'r

Eglwys Norwyaidd yn y Bae yn edrych ar adlewyrchiad y goleuadau yn y dŵr, dywedodd Guto yn dawel, 'Lois, dwi'n dy garu di.'

Edrychodd Lois arno am eiliad a gweld ei lygaid glas yn syllu arni'n betrus. Cydiodd ynddo a dywedodd yn dawel, 'Dwi'n dy garu di hefyd, ond rwyt ti'n briod. Dwi ddim ishe cael fy mrifo … Allwn ni ddim mynd yn rhy ddifrifol.'

Yffach! Roedd hi'n swnio fel un o'r menywod na mewn opera sebon rili sâl! Doedd hi ddim yn ffŵl, roedd hi'n gwybod na fyddai'n gadael ei wraig a'i blant ac roedd yn rhaid iddi wylio rhag iddi syrthio amdano'n ormodol. Roedd hi wedi llwyddo i gadw'r peth yn gyfrinach oddi wrth Sara a Clare hyd yma, jobyn anodd gan fod y tair ohonyn nhw'n rhannu tŷ. Roedd Guto a hithau ond yn cwrdd yn y tŷ pan fyddai'r ddwy arall allan, a diolch i'w bywydau cymdeithasol iachus, roedd hyn yn ddigon aml. A heblaw am un noson, pan oedd Guto a hithau wedi syrthio i gysgu ar ôl sesiwn garu fywiog a heb ddeffro tan ddau o'r gloch y bore, pan fu'n rhaid i Guto gripian allan fel lleidr, roedd popeth yn mynd fel watsh. Ac yn wir, poenai Clare a Sara ei bod hi'n gweithio gormod, gan mai dyna oedd ei hesgus pan fyddent yn ceisio ei pherswadio i ddod allan gyda nhw. Am nawr, roedd hi'n hapus cael ffling, ond gwyddai cyn hir, byddai'n rhaid iddi symud ymlaen cyn syrthio i *cliché* trist y feistres unig.

'Lois, dwi'n meddwl fod Lisa yn dechre amau fod rhywbeth o'i le …' dywedodd Guto wrthi'n lleddf.

'Beth?' dywedodd Lois gyda braw yn ei llais. Y peth olaf roedd hi ei eisiau oedd cael y *ball- breaker* yn dod i'w gweld â'i dyrnau'n barod i'w tharo. 'Be sy'n gwneud i ti feddwl hynny?'

'Dim byd pendant,' tynnodd Guto yn ddwfn o'i sigarét. 'Dwi jyst yn synhwyro rhywbeth pan mae'n edrych arna i weithiau.'

Ffiw! 'Dy gydwybod di sy'n pigo, dyna i gyd,' dywedodd Lois yn gysurlon gan fodio ei wyneb yn dyner.

Ond roedd Guto yn dal i boeni am ei wraig, ac roedd rhyw y noson honno yn lletchwith a di-fflach oherwydd ei baranoia, meddyliodd Lois i'w hun wrth iddo ymddiheuro iddi am golli ei galedu ynghanol y weithred. Gorweddodd y ddau ym mreichiau ei gilydd am ychydig, ond o brofiad, gwyddai Lois y byddai'n dechrau aflonyddu wrth i'r cloc agosáu at hanner nos. Fel Cinderella, roedd yn rhaid iddo fod gartre erbyn hynny gan ei fod yn dweud wrth Lisa ei fod mewn gigs a dyna'r amser yr arferai ddod gartre os oeddent yn nosweithiau lleol.

'Wela i ti nos Sadwrn,' sibrydodd yn ei chlust wrth iddo roi un gusan arall iddi cyn diflannu o'r tŷ cyn i Sara a Clare ddod adre o barti arall.

Roedd Lois mewn trwmgwsg llwyr pan glywodd gnocio gwyllt ar y drws ffrynt. Deffrodd yn anfodlon. Pwy ddiawl o'dd hwnna? Edrychodd ar y cloc bach wrth y gwely. Hanner awr wedi chwech! Beth ddiawl? O'dd Clare wedi colli ei hallweddi eto? Dringodd Lois allan o'r gwely'n ddiamynedd yn barod i roi pryd o dafod i'w chyfaill esgeulus. Agorodd y drws mewn tymer ond pwy safai yno gyda'i gês gitâr a bag mawr ar ei gefn, ond Guto.

'Guto!' sibrydodd Lois yn wyllt. 'Be ddiawl wyt ti'n neud yma?' Beth oedd yn bod arno fe? Beth petai Sara a Clare yn ei weld? Roedd hi'n wyrth nad oedden nhw wedi deffro ar ôl y cnocio uchel.

'Dwi wedi gadael Lisa, Lois,' dywedodd Guto yn blwmp ac yn blaen, er bod ei wyneb yn welw yn y tywyllwch. 'Alla i ddod mewn?'

Agorodd Lois y drws mewn sioc. Dyma'r peth olaf roedd hi'n ei ddisgwyl. On'd oedd hi'n *cliché* bellach nad oedd dyn priod byth yn gadael ei wraig? Wel, dyna roedden nhw'n ei ddweud ar *Oprah* ta beth. Ac er ei bod wedi dymuno iddo wneud yn y pen draw, doedd hi ddim yn hapus am y peth. Ofn oedd yn ei chalon nawr. Ofn beth fyddai pawb yn ei ddweud ei bod wedi 'dwyn' dyn priod oddi wrth ei wraig a'i blant bach, ac ofn ei bod yn awr mewn perthynas ddifrifol gyda dyn dipyn yn hŷn na hi.

Camodd Guto i mewn a'i chusanu'n deimladwy. Roedd ei gorff yn crynu, a gwyddai Lois nad oedd heno wedi bod yn noson hawdd iddo. Cydiodd yn ei law a'i dywys i'r ystafell fyw. Tywalltodd wydred o wisgi a gadael iddo'i yfed cyn dechrau ei holi. Roedd y cysgodion yn amlwg o dan ei lygaid gleision ac am y tro cynta, roedd yn edrych ei oed.

'O'dd hi wedi ffeindio mas 'te?' sibrydodd Lois yn gobeithio na fyddai Clare a Sara yn cyffro nes iddi benderfynu sut i dorri'r newyddion iddynt.

'Na, ond o'n i'n methu cario 'mlaen gyda'r bywyd dwbwl yma, Lois,' dywedodd Guto yn dawel. 'Dwi ddim yn dwat sydd eisiau gwneud ffŵl o'i wraig a dwi ddim ishe cael "bit on the side" chwaith. Sylweddolais heno ar y ffordd adre nad oeddwn i ishe bod gyda Lisa mwyach, 'mod i'n dy garu di a bod hi ddim yn deg i'r un ohonon ni mod i'n parhau i fihafio fel hyn.' Drachtiodd yn ddwfn o'i wydr whisgi.

'Beth am y plant?' holodd Lois, yn sylwi bod ei law yn dal i grynu wrth iddo gynnau sigarét.

'Mae'n well iddyn nhw bod eu rhieni nhw'n onest gyda'i gilydd ... Ac ma'n nhw'n ddigon ifanc i gyfarwyddo â ...' Ond methodd orffen ei frawddeg wrth i'r dagrau ddechrau rhedeg i lawr ei ruddiau.

Cofleidiodd Lois ef yn dynn ac roedd fel bachgen bach yn ei breichiau, ei gorff yn siglo gyda'r dagrau. A theimlodd lif o gariad yn ffrydio drwyddi. 'Bydd popeth yn iawn. Dwi'n dy garu di. Mi wnest ti'r peth iawn.'

Oedodd Guto am funud yn ei breichiau cyn estyn am y botel wisgi a thywallt gwydred arall iddo'i hun. 'Dwi mor falch bo' ti'n meddwl hynny, Lois. Roedd Lisa yn siŵr na fyddet ti ishe hen ddyn pathetig fel fi sy'n mynd trwy *mid-life crisis* yn glanio ar stepen dy ddrws di.'

'Wnest ti ddweud wrthi amdana i?' holodd Lois yn ofnus.

'Do, ond wnes i ddim dweud pwy oeddet ti. Dywedais i faint oedd dy oed di, oedd yn gamgymeriad dwi'n meddwl achos aeth hi'n benwan.'

'Wel, galli di ddeall ei theimladau hi.'

Roedd hi ishe i ni fynd i weld cynghorydd priodas, ond wedes i ei bod hi'n rhy hwyr … A wnes i adael.'

'Wel, galli di aros 'da fi nes bod ni'n ffeindio lle ein hunain,' dywedodd Lois yn gwybod yn iawn y byddai Sara a Clare yn anhapus gyda hyn. Gynta i gyd y gallent ffeindio fflat gyda'i gilydd, gore i gyd. Nid yn unig oherwydd ymateb ei ffrindiau ond rhag i Guto gael traed oer a dychwelyd at ei wraig.

'Dere i'r gwely. Rwyt ti'n edrych yn ofnadw.' Cydiodd Lois yn ei law a dilynodd hi'n ufudd i fyny'r grisiau. Gorweddodd y ddau ym mreichiau ei gilydd yn ei gwely bychan a daliodd Lois amdano'n dynn wrth iddo'n raddol bach syrthio i drwmgwsg. Sut ddiawl gallai rannu'i chyfrinach gyda Sara a Clare? Ac a oedd hi wir eisiau bod gyda Guto am byth?

'Beth?' edrychodd Clare a Sara arni hi a Guto yn gegagored wrth iddynt rannu eu newyddion gyda'r ddwy y bore canlynol. Roedd hi'n ddydd Sadwrn ac roedd Clare a Sara yn eu pyjamas yn gwylio *Live and Kicking* ar y bocs pan ddaeth Lois a Guto i mewn i'r ystafell fyw gyda'i gilydd. Byddai'r olwg ar eu hwynebau wedi bod yn ddoniol petai'r sefyllfa heb fod mor lletchwith. Roedd Lois yn poeni mwy am ymateb Clare na Sara gan fod gan Clare bersonoliaeth ddi-flewyn-ar-dafod heb sôn am y ffaith ei bod hi'n gweithio gyda Guto. Roedd Sara yn fwy tebygol o fynegi ei siom gyda thawelwch ond gobeithiai Lois y byddai'r ddwy yn ei chefnogi yn y pen draw.

'Ers pryd ma hyn wedi bod yn mynd 'mla'n?' holodd Clare yn chwyrn gan edrych ar y ddau â dirmyg llwyr yn ei llygaid.

'Ers cwpwl o fisoedd,' dywedodd Lois yn dawel. Doedd Sara heb ddweud dim eto, dim ond edrych ar y ddau ohonynt yn lleddf.

'Gwrandwch, dwi'n gwybod eich bod chi'ch dwy wedi cael sioc, yn enwedig ti, Clare,' dywedodd Guto yn bwyllog.

'Y gwir yw 'mod i mewn cariad gyda Lois ac yn lle cario 'mlaen y tu ôl i gefnau pawb, fe wnes i ddweud y cwbwl wrth Lisa ac mae'r briodas wedi dod i ben. Nawr, dwi ddim ishe bod o dan draed neb, a bydda i a Lois yn symud allan cyn gynted ag y ffeindiwn ni le. Ond bydden ni'n rili gwerthfawrogi petaech chi'ch dwy yn hapus i ni aros yma nes i ni gael rhywle sy'n addas.'

Bu saib am dipyn wrth i Clare a Sara edrych ar ei gilydd. Dywedodd Sara, 'Y'n ni ond yn poeni am Lois. Mae'n gam mawr i chi'ch dau symud i mewn gyda'ch gilydd a thithe ond newydd orffen dy briodas, Guto.'

'Dwi'n deall hynny'n iawn,' dywedodd Guto yn amyneddgar. 'Ac mae wedi bod yn uffern i fi hefyd … Dwi ddim wedi gadael fy nghartre a fy mhlant ar chwarae bach. Dwi'n addo i chi 'mod i'n gwbl o ddifri am fy mherthynas i â Lois.'

Roedd y tawelwch yn fyddarol wrth i'r ddwy feddwl am ei eiriau. 'Wel,' dywedodd Clare yn blwmp ac yn blaen. 'Mae'n rhy hwyr codi pais ar ôl pisho ac mae hwn yn gartre i Lois hefyd. Croeso i ti aros Guto ond dwi'n meddwl gore po gynted y gallwch chi ffeindio fflat. Dwi ddim ishe gweld dy wep salw di adre *ac* yn y gwaith!'

Torrodd hynny'r tensiwn a gwenodd Clare yn wan ar Lois. Ochneidiodd Lois gyda rhyddhad. Gallai pethau fod wedi mynd yn dipyn gwaeth.

✦

Hywel (Ionawr 1998)

'Hywel! Be ti'n meddwl am y ffroc yma?' Cododd Hywel ei ben o'i bapur a syllu ar ei wraig. Gwenodd Meleri arno'n ddel wrth iddi droi fel chwyrligwgan mewn ffrog goch les.

'Fel arfer, rwyt ti'n edrych yn hyfryd.' Cododd Hywel a'i chusanu'n gynnes.

'Hywel! Rwyt ti wastad yn dweud rhywbeth fel 'na,' ffugddwrdiodd Meleri. 'Rwyt ti fod i roi beirniadaeth adeiladol.'

'Fedri di ddim beirniadu perffeithrwydd.'

'Cawslyd!'

'Gwir!'

Gwisgodd Hywel ei esgidiau a throdd at ei wraig, 'Dere 'mlaen w, neu byddwn ni'n hwyr. Rwy'n edrych 'mlaen at y stecen yna!'

Roedd y ddau yn dathlu eu pen-blwydd priodas – chwe blynedd ers iddyn nhw briodi yn ddau lasfyfyriwr naïf yn Aberystwyth. Wrth gwrs, doedd pethau heb fod yn fêl i gyd; roedd Hywel wedi colli ei dad yn boenus o sydyn ac roedd ei fam ôr-amddiffynnol wedi achosi cryn drafferth iddo fe a Meleri ym mlynyddoedd cynnar eu priodas. Ond nawr, roedd ei fam yn dibynnu llawer ar Meleri, oedd wedi mynnu eu bod yn byw gerllaw iddi yng Nghwm Gwendraeth. 'Un fam sy 'da ti Hywel, ac mae hi ar ei phen ei hunan.' Oedd, roedd calon fel yr aur gyda'i wraig. Roedd ei fam wedi bod yn greulon iawn wrthi ar y cychwyn ond yn raddol bach, gyda charedigrwydd ac amynedd, roedd Meleri wedi ennill y dydd. Bellach, Meleri oedd ei 'merch-yng-nghyfraith arbennig', fel y clywodd ei mam yn ei disgrifio wrth gymydog yn ddiweddar. Byddai Meleri yn mynd â hi i siopa'n wythnosol, yn sicrhau ei bod yn cadw ei hapwyntiadau gyda'r meddyg ac yn ei gwahodd bob Sul yn ddi-ffael am ginio. Roedd e'n ddiolchgar iawn bod Meleri wedi maddau a'i gymryd yn ôl wedi'r cyfnod enbyd yna pan gollodd ei dad. Hi oedd y peth gorau yn ei fywyd ac roedd dathlu'r chwe blynedd yn bwysig iawn iddo. Cydiodd yn y blwch bach yn ei boced – modrwy dragwyddoldeb. Hen ffasiwn falle, ond yn symbol eu bod ill dau wedi llwyddo i oroesi fel partneriaeth er i lawer feddwl na fyddai priodas rhwng dau yn eu harddegau, oedd mor wahanol i'w gilydd ar ben hynny, yn para cyhyd.

Ie, pwy feddyliai y byddai Hywel, y cyn Efengýl nerdi a Meleri y *rock chic*k yn gwpwl perffaith? Oedden, roedden nhw'n bigitan nawr ac yn y man. Gan amlaf am bwy oedd wedi gwneud y 'bins' ddiwethaf ac am Meleri yn babio ei fam. Poenai Hywel ei bod hi'n dibynnu fwyfwy ar natur garedig Meleri doedd hi ddim cweit mor ddiymadferth ag yr ymddangosai.

'Hei! Pwy sy'n magu meddyliau? Bydd y stecen 'na'n oer fel iâ!' Pwnodd Meleri fe'n chwareus yn ei ystlys a bant â nhw.

+

'Odyn ni'n gallu fforddio hyn i gyd, Hywel?' Gwenodd Meleri'n ddireidus wrth i Hywel archebu bob i stecen ffiled gyda'r *trimmings* i gyd iddynt ym mwyty'r Plough yn Llandeilo.

'Wrth gwrs ein bod ni! A photel o'ch Cabernet gorau plîs,' nodiodd Hywel yn fonheddig ar y gweinydd.

Roedd y ddau yn ennill cyflogau eitha da erbyn hyn. Roedd Hywel yn athro mewn ysgol gynradd Gymraeg leol a Meleri yn gyfieithydd. Doedden nhw ddim yn gyfoethog ond roedd arian ar gael ar gyfer ambell i foethusrwydd.

'Nawr 'te, Mrs Morgan,' gwenodd Hywel yn falch. 'O'n i'n mynd i aros nes bo' ni'n cael pwdin, ond rwy'n rhy ddiamynedd.' Tynnodd y blwch bach melfed allan o'i boced a'i osod gerllaw iddi.

'Pen-blwydd Priodas hapus, cariad,' a chusanodd ei llaw yn fonheddig.

Agorodd Meleri y bocs yn llawn brwdfrydedd. Tynnodd y fodrwy fechan o ddiemwnt ac emrallt a'i rhoi ar ei bys.

'Mae'n hyfryd, Hywel, ond rwyt ti wedi gwario ffortiwn!'

'Wel, mae'n rhaid rhoi modrwy dragwyddoldeb i ti nawr ein bod ni'n dathlu'n chweched pen-blwydd priodas.'

'Dwi ddim yn meddwl bod y chweched yn golygu bod yn rhaid i ti brynu diemwntau ac emrallt i fi!'

'Wel, yn dechnegol, haearn neu loshin ti fod i roi ond rwyt ti'n haeddu'r gore am ymdopi cystal gyda fi ... a Mam wrth gwrs!'

'Haearn? Mhmmm ... Wel, mae'n well o lawer gen i gael y fodrwy yma. Ac ma gen i rywbeth i ti hefyd ...' Gosododd Meleri flwch o'i flaen yntau'n ddireidus.

Agorodd Hywel y blwch a gwelodd oriawr chwaethus yno. Gwenodd wrth dynnu ei hen oriawr i ffwrdd a dechreuodd roi'r oriawr newydd ar ei arddwrn. 'Oi! Aros funud! Ma 'na arysgrif tu fewn i'r watsh!' dywedodd Meleri.

Edrychodd Hywel yn fwy gofalus ar yr oriawr a darllenodd yr arysgrif, 'I dadi gyda chariad mawr wrthon ni'n dau.'

'Dadi?' holodd Hywel mewn penbleth. 'Ges ti hwn mewn siop *antiques* neu rywbeth?'

'Na, Hywel ...' dywedodd Meleri, wrth iddi wrthod y Cabernet gan y gweinydd a thywallt dŵr i'w hunan.

'Dwi ... wel, y'n *ni'n* disgwyl!'

'Disgwyl ...' Syllodd Hywel ar ei wraig yn syn ... Disgwyl? Roedden nhw'n disgwyl babi! 'O Meleri! Ers pryd ti'n gwybod? Ydy popeth yn iawn? Ti 'di gweld y doctor?'

'Do, ddoe, ma' popeth yn iawn, paid becso, dwi'n iach

fel cneuen. O'n i ishe bod yn siŵr cyn dweud wrthot ti ac o'n i ishe iddo fe fod yn sypréis ar gyfer ein pen-blwydd priodas ...'

'Sypréis gore'r ganrif! Ma'n gwneud i'r fodrwy 'na edrych bach yn crap nawr!' chwarddodd Hywel wrth iddo afael yn llaw ei wraig.

'Mae'r fodrwy yn berffaith. Nawr 'te, ti ishe gwybod pryd fydd y babi'n cyrraedd te Dadi?'

'Odw glei! Bydd yn rhaid i ni ddechre paratoi!'

'Wel, dim ond deufis sydd wedi mynd felly ma digon o amser 'da ni ...'

'Babi mis Awst 'te?' gwenodd Hywel. Roedd ei ben-blwydd e ar Awst yr ail, falle byddai ei fab neu ei ferch yn cyrraedd ar yr un dydd? 'Pryd fyddwn ni'n gwybod beth y'n ni'n ei gael?'

'Dwi'n meddwl adeg y sgan cynta mis nesa.'

'O, rwyt ti'n ddrwg yn cadw hyn yn gyfrinach gyhyd!'

'Dim ond echdoe wnes i wneud y prawf w!'

'Bydd Mam wrth ei bodd!' dywedodd Hywel yn falch.

'Bydd hi'n handi iawn fel *babysitter*!' chwarddodd Meleri wrth iddi dorri ei stecen yn awchus.

'Wel, byt lond bola nawr, ma ishe cig ar y babi,' siarsiodd Hywel. 'A chei di bwdin seis mwya hefyd!'

Roedd e ar ben ei ddigon, roedd bywyd yn ffantastig. Gwraig brydferth a charedig a nawr babi yn ymuno â'r teulu. Fe oedd y boi mwya lwcus yn Shir Gâr!

Pennod 2

Lois (Fis yn ddiweddarach)

Aeth yr wythnosau heibio a daeth Lois o hyd i fflat fechan ar y stryd nesa i'w hen gartre gyda Clare a Sara. Roedd Guto eisiau aros yn ardal y Rhath gan fod ei blant ym Mhen-y-lan ac roedd Lois yn dotio'n lân ar y fflat. Gan fod Guto yn talu crocbris i'w wraig am y morgais ac am y plant, Lois oedd yn gyfrifol am y rhent ond doedd hi'n malio dim. Am y tro cynta'i, roedd ganddi ddyn oedd yn'i charu a chartref ei hun.

Doedd Lisa ddim yn awyddus i Lois gyfarfod â'r plant nes iddi hi a Guto fod gyda'i gilydd am o leia blwyddyn ac er bod hyn wedi siomi Guto, doedd dim ar hyn yn poeni Lois. Roedd hi'n deall bod yn rhaid i Guto eu gweld yn aml ond doedd hi ddim yn y berthynas i fod yn llysfam. Ac roedd hi'n cydweld â Lisa y byddai cyflwyno menyw ddieithr iddynt yn eu drysu nhw, heb sôn amdani hi. Ond cogiodd wrth Guto ei bod yn methu aros i'w cyfarfod a dywedodd yntau'n dyner wrthi, 'Dwi'n siŵr byddan nhw'n dy addoli di.'

Oedd, roedd yna bethau bach am Guto yn ei phigo. Ei hoffter am seiclo er enghraifft. Roedd wrth ei fodd yn mynd ar ei feic ar lwybr Taf a dod 'nôl i'r fflat a chreu llanast gydag ef a'i feic yn fwdlyd a stecslyd. A heblaw am fynychu gigs, roedd yn hapus i aros gartre yn gwylio teledu bob nos. Roedd hi hefyd yn gweld eisiau cyffro eu cyfarfodydd cudd. Ond roedd y rhyw godidog yn ddigon i gadw Lois yn hapus. Ac roedd y 'chwarae tŷ,' fel y byddai Sara'n ei alw wrth ei gweld yn coginio prydau cymhleth iddo rownd y ril, yn fonws annisgwyl.

Tua thair wythnos ar ôl iddyn nhw symud i mewn i'r fflat, daeth Lois yn ôl amser cinio i gasglu ffeil yr oedd hi wedi ei hanghofio i'r gwaith. Yno, yn yr ystafell fyw, roedd Guto yn sefyll gyda nifer o focsys cardbord o'i amgylch. 'Mwy o stwff eto?!' chwarddodd Lois, wrth iddi ei gusanu'n ysgafn. Roedd Guto yn dod 'nôl o'i hen gartref yn lled gyson gyda mwy o focsys o'i eiddo. Gan amlaf roeddynt yn hen recordiau a CDs oedd ynddynt, ac roedd y prinder lle yn y fflat yn achosi problem storio'n barod.

Ni ddywedodd Guto air, dim ond gwenu arni wrth iddo dwtio ychydig o gynnwys y bocsys.

'Wel, dim mwy o CDs nawr, mae'r pum cant sydd gen ti'n barod yn hen ddigon! Wela i di wedyn!' chwarddodd Lois cyn ei throi hi'n ôl i'r gwaith.

Daeth yn ôl i'r fflat am chwech gyda chynhwysion ar gyfer pryd pasta yn barod i goginio swper rhamantus iddynt ill dau. Roedd Lois wrth eu bodd gyda bwyd yr Eidal. Gobeithiai y gallai hi a Guto fynd ar wyliau bach neis i Fenis neu Rufain pan fyddai wedi safio digon o arian. 'Doedd dim modd i Guto dalu amdanynt gan fod y wraig a'r plant yn cael ei arian. Ond pan gerddodd i mewn i'r fflat, sylweddolodd yn syth fod rhywbeth o'i le. Eisteddai Guto yn y gadair freichiau yn yr ystafell fyw â'i wyneb yn lleddf. Roedd y silffoedd lle bu ei CDs yn un pentwr blêr wedi'u gwacáu'n llwyr. Edrychodd Lois mewn penbleth a dywedodd, 'Guto, ti'n iawn? Oes rhywbeth yn bod?'

'Lois, dwi mor sori ... Ond, wel, sdim ffordd rwydd i mi ddweud hyn wrthot ti, ond dwi wedi bod yn siarad gyda Lisa a ... wel ... y'n ni wedi penderfynu trio eto ... Mae'n anodd iawn cerdded i ffwrdd ar ôl deng mlynedd o briodas ... Ac mae'r plant mor fach ... Ma angen tad arnyn nhw gartre.'

'Be?' Roedd hi methu â chredu ei chlustiau. 'Mae Lisa wedi bod yn rhoi pwysau arnat ti odyw hi? Bygwth stopio ti rhag gweld y plant os na ei di 'nôl? Wel, galli di ddim gadael i dy hunan gael dy flacmeilo fel hyn!'

'Nid Lisa awgrymodd hyn ... Ac roedd hi'n hapus rhannu'r plant 'da fi ... Fi sydd eisiau mynd 'nôl atyn nhw, Lois.'

'Ond ... wedes ti dy fod ti'n fy ngharu i ...'

'Dwi yn ... wel, o'n i'n meddwl mod i ... Ond dwi'n caru 'mhlant i'n fwy. Tria ddeall, Lois. Mi ffeindi di rywun arall, rhywun ifanc, sydd heb gymhlethdodau. Rhywun sengl ...'

'Dwi ddim ishe neb arall! Dwi ishe ti!' gwaeddodd Lois a'r dagrau'n rhedeg i lawr ei gruddiau. Gwyddai nawr, a hithau ar fin ei golli, wir gryfder ei theimladau at Guto. A chydiodd ynddo a cheisio ei gusanu. Ond trodd Guto ei wyneb i ffwrdd a chodi o'i gadair. Dechreuodd godi un o'r bocsys a dywedodd, 'Dwi'n mynd nawr ...'

Sut gallai hi fod wedi bod mor ddall? Dadbacio myn diain i! Pacio oedd y diawl yn ei wneud gynne! A hithau fel ffŵl heb sylwi.

'Wel paid â meddwl byddai'n dy gymryd di 'nôl pan fyddi di'n sylweddoli be ti 'di daflu i ffwrdd! Ti'n pathetig! Druan o dy wraig di, sut gall unrhyw un dy drysto di? Ti'n newid dy feddwl fel ti'n newid dy bants!' Pam wnaeth hi syrthio mewn cariad gyda dyn priod? Oedd ganddi ryw *death wish* neu rywbeth o gofio beth ddigwyddodd gyda Daniel? Pam oedd hi wastad yn dewis dynion gyda 'phroblemau'? Dynion nad oedd modd iddi hi eu cael go iawn. Roedd hi'n dwat ac roedd *karma* yn ei chnoi'n galed nawr oherwydd ei thwpdra hunanol.

Ni ddywedodd Guto air. Edrychodd arni gyda dagrau yn ei lygaid a dywedodd, 'Mae'n ddrwg 'da fi.' A gadawodd ei allwedd i'r fflat ar y lle tân.

Trodd Lois ei chefn arno ac yna yn ei thymer, gafaelodd yn ei feic oedd yn ei gwawdio wrth y drws ffrynt.

'A cher â hwn o 'ma y bastad!' gwaeddodd wrth iddi luchio ei feic ar y stryd i fawr adloniant ciwed o *hoodies* a safai gerllaw.

Caeodd y drws yn glep ar ei ôl e a gwaeddodd yn uchel, 'Twat!' Nes i'r dagrau ddechrau llifo'n ddi-baid i lawr ei gruddiau …

✦

Ar ôl meddwi am wythnos ac anfon nifer o decsts a gadael sawl neges sarhaus ar ffôn symudol Guto, dechreuodd Lois deimlo ychydig yn well diolch i gwmni cysurlon Sara a Clare. A chwarae teg i'r ddwy ni chlywodd unwaith, 'Wedes i wrthot ti!' er y gwyddai Lois fod Clare yn arbennig yn torri ei bol eisiau gwneud.

'Mae'n well fel hyn' dywedodd Clare yn athronyddol wrthi, un nos Wener wrth i'r tair aros am pizza. Roeddent yn cloddio eu ffordd trwy lond *vat* o win ac ar fin gwylio *Pretty Woman* (am y canfed tro) ar DVD yn fflat Lois.

'Ydi,' ategodd Sara. 'O'dd e'n *past it* eniwei a weles ti fe ar y beic 'na yn ei siorts seiclo? O'dd e'n edrych fel nob!'

'Ac o'dd e'n colli' i wallt,' ychwanegodd Lois yn faleisus. Roedd hi'n teimlo'n well yn barod. A chwarddodd y tair yn llawen. Daeth cnoc ar y drws ffrynt i darfu ar eu rhialtwch.

'Pizza!' gwaeddodd Lois yn llawn cynnwrf a rhedodd i agor y drws. Ond nid y dyn pizza a safai yno. O'i blaen, roedd dynes osgeiddig a thrwsiadus yn ei thridegau canol yn syllu arni'n dreiddgar.

'Ie?' dywedodd Lois yn meddwl ei bod wedi dod i'r drws anghywir.

'Lois?' holodd y fenyw'n dawel.

'Ie,' dywedodd Lois. O na, dim Jehova's oedd hon ife? O'r nefoedd!

'Lisa Richards ydw i … Gwraig Guto … Galla i ddod i mewn?'

Ticiodd yr eiliadau heibio wrth i Lois lygadrythu arni mewn sioc lwyr. Doedd hi ddim yn edrych fel y fenyw a fu mor fyw yn ei dychymyg cyhyd. Roedd wedi dychmygu real *bruiser*, dynes ffyrnig fel Joan Collins yn *Dynasty*. Ond roedd hon yn fenyw, wel, normal, yn atyniadol a difygythiad. Llyncodd Lois cyn ateb yn lletchwith, 'Wel, ma ymwelwyr gyda fi yn yr ystafell fyw ond gallwch chi ddod mewn i'r cyntedd.' Doedd hi ddim eisiau i'r cymdogion weld *scene* ac o leia gallai Clare a Sara ei hachub os fyddai pethe'n mynd yn gas …

'Gwrandwch Lois, mae'n ddrwg gyda fi ddod yma yn ddirybudd. Ond o'n i ishe dweud rhywbeth wrthoch chi.'

Shit! Pam oedd hi wedi dechrau pethe 'da Guto? Roedd hon yn mynd i roi dwrn iddi nawr! Daeth yr ymddiheuriad allan fel ton o geg Lois, 'Lisa, mae'n ddrwg 'da fi am bopeth ddigwyddodd i chi. O'n i'n hunanol ac yn meddwl am neb ond fy hunan …'

Gwenodd Lisa arni'n gwbl ddideimlad. 'Sdim ots am hynny nawr … Dwi wedi dod i ddiolch i chi …'

'Diolch?' dywedodd Lois mewn sioc, yn meddwl bod yn rhaid ei bod yn cellwair.

'Ie, diolch am adael i Guto ddod 'nôl at ei deulu …'

'Wel, wnes i ddim, fe oedd ishe mynd 'nôl atoch chi.'

'Wir?' dywedodd Lisa â'i hwyneb yn goleuo.

'Wir!' dywedodd Lois yn edrych ar y fenyw grynedig o'i blaen. 'Ffling oedd e … dyna i gyd. Gartre mae ei le fe gyda chi a'r plant. Fydda i byth yn ei weld e eto nac un dyn priod arall, galla i addo hynny i chi. Wnes i gamgymeriad mawr ac mae'n wir ddrwg gen i am beth ddigwyddodd.'

Nodiodd Lisa ei phen cyn troi at y drws.

'Hwyl Lois,' dywedodd Lisa yn dawel.

'Hwyl, Lisa.' Caeodd Lois y drws ar ei hôl cyn pwyso yn erbyn y wal gydag ochenaid fawr o ryddhad.

✦

Rai misoedd yn ddiweddarach, clywodd gan Clare fod Guto wedi cael *vasectomy*, un o'r nifer o amodau roedd Lisa wedi eu gosod wrth iddo geisio ailgydio yn ei fywyd teuluol. Dyna ddysgu gwers iddo. Ac yn sicr roedd hithau wedi dysgu gwers werthfawr hefyd. Roedd hi wedi bod yn ffŵl hunanol yn cwrso ar ôl Guto ac er ei bod yn gweld ei eisiau o hyd, gyda'i wraig yr oedd ei le. Wrth iddi edrych yn ôl, roedd hi'n methu coelio ei bod hi wedi bod mor dwp. Roedd hi wedi trio bod yn cŵl ond doedd ganddi mo'r stumog i chwarae gyda theimladau pobl. Pan welodd hi wyneb Lisa, sylweddolodd hynny. O leia teimlai fod y tor-calon roedd hi wedi ei ddioddef wedi bod yn gosb o ryw fath iddi am ei hymddygiad ffôl. Wrth reswm, ar ôl iddo ei gadael, roedd hi'n dal i'w weld e a'i blant. Yn waeth byth fe welodd hi fe a Lisa o gwmpas y dre un noson anffodus yn ei hoff dafarn, y Pen and Wig. Oedd na ddim dianc rhag y diawl?

A dweud y gwir, roedd hi wedi bod yn chwilio am esgus i symud 'mlaen; roedd hi wedi syrffedu ar Gaerdydd. Roedd ei swydd fel athrawes Gymraeg yn ei diflasu gan nad oedd y rhan fwyaf o'r plant difater eisiau dysgu'r iaith ac roedd y llanast gyda Guto wedi ychwanegu at ei haflonyddwch. Na, doedd dim byd yn ei dal hi 'nôl nawr, roedd yn hen bryd iddi newid ei bywyd yn sylfaenol. Roedd hi wedi bod yn meddwl am flynyddoedd am ddechrau antur dramor a chael swydd yn rhywle cyffrous. Ie, tre newydd, gwlad newydd, bywyd newydd. A dim mwy o gymhlethdodau gyda dynion!

✦

Hywel

'Ydy popeth yn iawn 'da'r babi?' Edrychodd Hywel ar y nyrs a braw yn ei lygaid. Roedd e a Meleri wedi dod am y sgan cynta ac roedd y ddau ar bigau'r drain. Er bod Meleri'n ifanc, roedd yna wastad straeon am fenywod yn cael newyddion drwg adeg y sgan cynta. Doedd ei fam ddim wedi helpu trwy godi bwganod ar y ffôn y noson gynt.

'Wel, roedd merch Enfys Howells drws nesa ond dau, 'run oedran â Meleri ni ac roedd y sgan yn dangos bod y babi ddim yn iawn … Rwy'n becso'n enaid …' dywedodd ei fam yn ddramatig.

'Mam, o's rhaid i chi godi bwganod fel hyn?'

'Ma rhaid i chi fod yn barod ar gyfer y gwaetha Hywel bach, rhag ofn. Rho wybod i fi'n syth pan glywi di, cofia nawr.'

Roedd e'n gwybod bod ei fam yn poeni gormod ond roedd ei geiriau wedi ei gorddi a phoenai nawr beth fydden nhw'n ei weld yn y sgan.

Cydiodd Meleri yn ei law yn dynn wrth i'r ddau ohonynt syllu ar y nyrs, eu calonnau yn eu gyddfau. 'Popeth yn iawn,' gwenodd y nyrs. 'Ond y'ch chi'n barod am sypréis?'

O mowredd! Be ddiawl?

'Rydych chi'ch dau yn disgwyl efeilliaid!'

'Efeilliaid?' ebychodd Meleri mewn syndod.

'Ie glei!' dywedodd y nyrs yn llawen. 'Ac o beth dwi'n medru gweld, mae yna ddau placenta ... felly efeilliaid *fraternal* sy 'da chi. Hoffech chi wybod y rhyw?'

Doedd Hywel heb yngan gair, roedd e'n dal mewn sioc. Dau blentyn! Yffach! O'dd e ddim yn siŵr os oedd e'n ddigon o foi i fod yn dad da i un heb sôn am ddau!

'Hywel, wyt ti ishe gwybod?'

'Dim ond os wyt ti ishe,' gwenodd Hywel ar ei wraig yn nerfus.

'Ie plîs, bydd e'n handi i ni gael dechre paratoi ...' dywedodd Meleri.

'Rydych chi'n cael dau fachgen!'

Dau fachgen! Roedden nhw'n mynd i gael dau fachgen.

'Wel, mi fydda i mewn cartre'n llawn dynion 'te!' gwenodd Meleri'n fodlon.

✦

'Wyt ti'n siomedig bo' ni ddim yn cael merch?' holodd Hywel wrth i'r ddau gerdded i'r car ym maes parcio'r ysbyty. 'Na! Dim o gwbwl. Gewn ni weld shwd wnewn ni 'da'r bois ma a gallwn ni drio eto am ferch nes 'mlaen.'

'Sawl plentyn wyt ti ishe, madam?' chwarddodd Hywel.

'O ryw hanner dwsin o leia!'

'Wel, bydd Mam ar ben ei digon nawr bod efeilliaid yn dod i'r teulu' dywedodd Hywel.

Roedd ei thad-cu yn un o efeilliaid medde hi, a bydd hi siŵr o gymryd y clod am ein hefeilliaid ni!'

Agorodd Meleri ddrws y car ond stopiodd Hywel hi a'i chofleidio'n awchus. Dwi'n dy garu di Mrs Morgan.' Cusanodd y ddau a theimlodd Hywel ddagrau yn llifo i lawr ei gruddiau.

'Be sy'n bod Mel? Ti'n iawn?'

'Wrth gwrs 'mod i, dwi mor hapus dyna i gyd … *Hormones* mae'n rhaid.' Bodiodd Hywel ei hwyneb yn gariadus gan sychu ei dagrau.

'Gwranda,' dywedodd Meleri gan roi trefn ar ei hemosiynau, 'mae siop fach hyfryd o'r enw Si-Lwli newydd agor ar dop y stryd fawr, ac maen nhw'n gwerthu pethe hollol gorjys i fabis. Dwi wedi gwrthsefyll y demtasiwn i fynd mewn hyd yn hyn, ond beth se ni'n galw heibio ar y ffordd adre i brynu cwpwl o bethe bach i'r plant?'

Gwenodd Hywel ar ei wraig. 'Nag yw hi bach yn gynnar 'to, 'dyn ni ddim moyn temtio ffawd odyn ni?'

Syllodd Meleri arno. 'Ti'n swnio fel dy fam nawr gyda'i holl ofergoelion!' a chwarddodd Hywel ar ei cherydd.

Treuliodd y ddau awr hapus yn syllu a rhyfeddu ar y dillad a'r teganau plant di-ri yn y siop chwaethus.

'Hywel, edrych ar y *babygrows* bach 'ma!' Roedd Meleri'n dal dau *babygrow* bychan gwyn a fyddai'n ffitio dol ac roedd hwyaid melyn yn eu haddurno. 'Ma'n rhaid i ni gael rheina!'

Gwenodd Hywel ar ei wraig a chytunodd yn ffugddifrifol. 'Rwyt ti'n iawn, mae'n *rhaid* i ni wneud yn siŵr fod digon o *babygrows* gyda ni, mae'n *hanfodol* bwysig.'

'Ydyn, *maen* nhw Mr Morgan!' Pwniodd Meleri fe yn ei ystlys yn chwareus. 'Ac ma ishe dau o bopeth arnon ni. Bydd angen bob i wely, mynydd o gewynnau, pramiau, poteli, dillad ...'

'Ma digon o amser 'da ni, newn ni brynu pethe hwyl heddi a gadael y stwff ymarferol tan nes 'mlaen. Bydd ein mamau wrth eu boddau'n rhoi cyngor i ni ta beth ...'

Rholiodd Meleri ei llygaid a dywedodd, 'Ie pwynt da. Dere i ni brynu'r pethe y'n ni'n licio cyn bod y mamau'n cymryd drosodd!'

✦

Cerddodd y ddau i'r maes parcio gyda dau fag lliwgar yn llawn o geriach, gan gynnwys blancedi bychan melyn (lliw niwtral meddai Meleri), *babygrows*, lampau bychan mewn siâp cwningen a *booties* bychan.

Wedi iddyn nhw lenwi bŵt y car, trodd Hywel at ei wraig a gafael yn ei llaw. 'Ma 'da fi anrheg fach i ti, wel, i'r babanod.' A thynnodd Hywel ddau dedi bach ciwt uffernol, un melyn ac un glas o'i fag a'u rhoi i'w wraig.

'O, Hywel!' gwenodd Meleri wrth iddi fwytho'r teganau. 'Weles i mohonot ti'n prynu'r rhain!'

'Wel, dim ond rhywbeth bach, ond gobeithio bydd y plant yn lico nhw!'

'Plant,' dywedodd Meleri'n syfrdan. 'Mewn ychydig fisoedd bydd plant gyda ni!'

'Ti ishe fi yrru?' dywedodd Hywel yn llawn consýrn.

'Be? A threulio hanner awr ecstra i gyrraedd adre achos bod ti wedi troi mewn i hen dad-cu y tu ôl i'r olwyn fel gwnest ti gynne?' Eisteddodd Meleri yn sedd y gyrrwr yn herfeiddiol. 'Fi yw'r bós 'ma gwd boi, a dwi ddim yn anabl. Neidia mewn!'

Taniodd Meleri'r injan a syllu arno'n gellweirus.

'Iawn bós!' Wrth wylio ei wraig yn gyrru allan o'r maes parcio, doedd Hywel erioed wedi ei charu'n fwy. Synfyfyriodd am y bywyd fyddai o'u blaenau. Oedd, roedd magu plant yn waith caled fel roedd ei fam wedi dweud wrtho droeon. Ond roedd hi bob amser yn gweld yr ochr dywyll i bopeth. Gwyddai y byddai Meleri'n fam dda, roedd e jyst yn gobeithio byddai e'n dad da. Meddyliodd am ei dad a theimlo pang o hiraeth o feddwl na fyddai yno i groesawu dau ŵyr i'r teulu.

Roedd ei dad wedi marw bum mlynedd ynghynt o drawiad cwbl annisgwyl ar y galon ac er bod y dolur wedi cilio ychydig, roedd yn dal i frifo, yn enwedig ar adegau fel hyn. Gallai ei dad fod wedi ei gynghori ar sut i ddisgyblu'r bois a byddai wedi bod wrth ei fodd yn mynd â nhw i'r ysgol Sul a'u dysgu am fyd natur, fel y gwnaeth e gyda Hywel flynyddoedd ynghynt. Ond doedd e ddim eisiau bod yn drist heddiw, dyma'r diwrnod gorau yn ei fywyd erioed. Y diwrnod y daeth ef a Meleri'n deulu.

'Ti'n dawel iawn Hywel,' dywedodd Meleri gan droi ato'n chwilfrydig. 'Wyt ti'n ocê bo' ni'n cael dau? Dwi'n gwybod bydd arian yn dynn.'

'Dwi heb feddwl am arian o gwbwl, meddwl am Dad oeddwn i … Licen i feddwl ei fod e'n gwybod, rwyfodd.'

'Dwi'n siŵr ei fod e,' gwasgodd Meleri ei law a gwenu arno. Trodd i syllu arni ac wrth iddo wneud, daeth rhu injan o rywle a gwelodd lori fawr goch yr ochr arall i'r heol yn goddiweddyd car ac yn dod yn syth tuag atynt. 'Meleri!' gwaeddodd ar ei wraig oedd yn dal i wenu arno'n ddiddeall a throdd hithau i edrych ar yr heol.

Ond roedd hi'n rhy hwyr. Yn debyg i wylwyr ffilm arswyd, gwelodd y ddau y bwystfil ofnadwy o lori goch yn anelu'n syth amdanynt. Gwaeddodd Hywel ar Meleri i droi'r car er mwyn osgoi'r *juggernaut* a cheisiodd afael yn y llyw. Ond doedd dim y gallen nhw ei wneud, ac er gwaetha ymdrechion Hywel, o fewn nano-eiliad daeth yr ergyd ofnadwy a rhu gorffwyll olwynion y lori. Clywodd Hywel un sgrech erchyll o enau ei wraig cyn iddo syrthio i'r tywyllwch.

✦

Cerys

'Ydw i wedi dweud wrthot ti bo' ti'n rili secsi?' Cusanodd Rhys wddf Cerys yn awchus.

'Dim heddi,' dywedodd Cerys yn biwis gan esgus ei bod hi'n pwdu. Mewn gwirionedd wrth gwrs roedd hi wrth ei bodd â'r sylw.

Roedd Rhys a hithau wedi bod yn cwrdd yn gyson ers iddynt gyfarfod yn y clwb ond roedden nhw'n cadw'r berthynas yn gyfrinach. Dyn priod oedd Rhys gyda gwraig a babi blwydd adre yn eu tŷ crand yn Essex a phe bai'r wasg yn dod i wybod am ei berthynas â *lap dancer* o glwb amheus, yna byddai ei yrfa yn y fantol. Fe oedd wyneb newydd *Nike* a phersawr *Invincible* Armani. Roedd e'n aelod o'r *A list* ac roedd y *paparazzi* yn ei ddilyn o hyd. Y Beckham newydd medden nhw; roedd ei bryd a'i wedd mor atyniadol â'i sgiliau pêl-droed. Ei lysenw yn y byd chwaraeon oedd y 'Welsh Wizard' a gallai neb gwell fod wedi cerdded i mewn i'r clwb nac i'w bywyd. Roedd e wedi rhoi allwedd i Cerys i'w fflat moethus yn barod. Roedd yn haws iddi fynd i mewn trwy'r drws cefn a'r lifft preifat cyn iddo ef ymuno â hi, fel arfer, yn oriau man y bore pan fyddai'r *paparazzi* yn llai gwyliadwrus. Roedd ganddo ddyn oedd yn ei warchod hefyd, ei hen ffrind ysgol, Meic, oedd yn anferth o foi ac yn hollol driw i'w hen gyfaill. Roedd Meic yn gwrtais â Cerys ond synhwyrai nad oedd yn meddwl rhyw lawer ohoni. Ond doedd hi'n becso taten amdano fe. Nid fe oedd y seren olygus wedi'r cwbl.

Mwynhâi Cerys y cynllwynio ac wrth gwrs, roedd

hi wedi arfer cael perthynas gyda dyn priod. Ond y tro yma, yn wahanol i'r ffordd blentynnaidd y deliodd hi â pherthynas â'r hen ddarlithydd diawl yna, Marc Arwel, yn y coleg, doedd hi ddim yn mynd i syrthio mewn cariad. Oedd, roedd Marc Arwel wedi swyno Cerys y ferch ddeunaw oed gymharol ddiniwed gyda'i soffistigeiddrwydd ac yn amlwg roedd y ffaith ei fod e'n ddyn priod ac yn ddarlithydd iddi hefyd wedi ychwanegu at wefr y berthynas. Ond dysgodd Cerys wers galed pan feichiogodd a darganfod fod Marc eisiau iddynt erthylu eu plentyn. Nawr roedd hi ar y bilsen ac yn mynnu bod Rhys yn defnyddio condom; doedd dim lle iddi wneud camgymeriad y tro 'ma. Erbyn hyn roedd hi'n gallach ac yn galetach. Er hynny roedd hi'n hoff iawn o Rhys. Roedd yn filiwnydd, un golygus, enwog, ac ef oedd yn pêl-droediwr gorau Arsenal ac roedd e'n dotio arni. Roedd hi eisoes wedi cael llwyth o anrhegion oddi wrtho, breichled aur o Cartier, dillad isa rhywiol ond chwaethus o Agent Provocateur a gobeithiai cyn hir y byddai'n prynu car bach *sporty* iddi, roedd hi'n hoff iawn o'r Audi TT's newydd yna ...

Ei hamcan tymor hir oedd y byddai'n gadael iddi symud i mewn i'w fflat moethus yn Primrose Hill (dyna ble roedd y selébs i gyd yn byw) ac yn ei chadw yno'n barhaol fel meistres. Dyna oedd y freuddwyd. Fyddai dim rhaid iddi weithio a byddai Rhys yn ei heglu hi 'nôl at y wraig a'r plentyn ar y penwythnosau a gallai hi wedyn fynd allan a chael hwyl gyda dynion eraill. Perffaith. Gwenodd i'w hun ac ystwytho'i chorff yn fodlon fel cath.

'Am beth wyt ti'n feddwl nawr madam?' holodd Rhys yn chwilfrydig wrth iddo gynnau sigarét yn ddioglyd.

'Meddwl amdanat ti …' Tynnodd Cerys y sigarét o'i geg a dechrau smygu a'i lygadu'n chwantus.

'Ti'n gwybod 'mod i'n dechre syrthio amdanat ti, on'd wyt ti?' dywedodd Rhys yn ddifrifol gan fwytho ei braich.

'Wel, dwi'n siŵr bo' ti'n gweud 'na wrth bob merch neu grwpi!'

'Dim ond ti dwi'n gweld nawr, ar fy llw, Cerys,' dywedodd Rhys yn ddifrifol wrthi.

'A dy wraig,' atgoffodd Cerys e'n ysgafn.

'Wyt ti'n becso amdani hi?'

'Na, dwi'n gwybod be sy 'da ni, a dyw e ddim byd i wneud â dy fywyd di gartre …'

'Falle, un dydd, gallwn ni fod gyda'n gilydd trwy'r amser,' dywedodd Rhys yn dawel.

'Paid Rhys,' dywedodd Cerys yn ddiffuant a throi i'w wynebu.

'Be?'

'Dwi wedi bod mewn perthynas gyda dyn priod o'r blaen pan o'n i'n ifanc a naïf. Ac fe wnaeth e addo lot o bethau i fi ac fe wnes i ei gredu e. Fydda i ddim yn gwneud y camgymeriad yna eto. Gad i ni jyst fwynhau hwn am beth yw e – bach o sbort dyna i gyd … Paid gwneud addewidion gwag.'

'Wyt ti'n dal i weld dynion eraill 'te?' holodd Rhys yn biwis. Roedd ei ego yn amlwg eisiau iddi hi bledio iddo adael ei wraig a bod yn *exclusive* gyda hi ond gwyddai'n iawn na fyddai e byth yn mentro gwneud y fath beth. Roedd e wrth ei fodd â'i enwogrwydd, ei gyfoeth a'i ddelwedd fel pêl-droediwr gonest a thriw. Roedd yr erthyglau di-baid yng nghylchgronau *Hello* ac *OK* amdano fe a'i wraig, Mandy, y cwpwl perffaith gyda'u babi ciwt, yn eu palas *nouveau riche* gwyn Dallas-aidd yn profi hynny. Yn sicr ni fyddai am golli ei noddwyr chwaith, fe oedd *Mr Clean Cut* wedi'r cwbl ac roedd ei wraig yn ffitio'r ddelwedd yna'n berffaith. Fyddai dawnswraig o glwb Minx ddim yn siwtio ei fywyd llawn amser o gwbl! Roedd hi'n ddigon call i ddeall hynny.

Roedd e a Mandy wedi bod yn canlyn ers dyddiau ysgol ac roedd hi'n ddigon pert, er yn ddim byd arbennig. Blonden dal a thenau gydag wyneb gweddol ond dim *sex appeal* ym marn Cerys. Doedd hi erioed wedi cael jobyn o ddifri ac eithrio llunio dillad rhad a taci i gatalog Littlewoods, yn amlwg ar gefn enwogrwydd ei gŵr. Roedd Mandy yn *bland*, yn *vanilla* a doedd hi ddim yn fygythiad i Cerys o gwbl. Doedd dim rhyfedd bod Rhys eisiau bach o gyffro gyda hi. O beth roedd Cerys yn ei ddoedd Mandy ddim yn dangos rhyw lawer o ddiddordeb mewn rhyw mwyach ac yn dotio'n lân ar y babi. Ac wrth gwrs, roedd dyn fel Rhys angen sylw cyson neu byddai'n crwydro.

'Ateba fi, Cerys.' Synnai Cerys ei fod mor genfigennus. Roedd yn amlwg ei fod e'n syrthio amdani – gwych! Cyn hir, byddai eisiau ei chadw fel tywysoges yn y tŵr rhag dwylo budr dynion y clwb a byddai hynny'n ei siwtio hi i'r dim!

'Nadw, heblaw am y dynion yn y clwb.' Roedd hyn

yn gelwydd llwyr gan ei bod hi'n dal i fynd allan gyda dynion cefnog yr oedd hi'n eu cyfarfod yn y clwb ac yn ceisio cael cymaint o *freebies* â phosibl oddi wrthynt. Ond busnes oedd busnes a doedd hi ddim am ganolbwyntio'n ormodol ar Rhys rhag iddi syrthio i'r un trap y tro yma eto. Cymerodd fisoedd iddi ddod dros y trawma o golli Marc Arwel a wynebu erthyliad anffodus ar y naw ar ei phen ei hun yn Llundain. Bob tro y teimlai ei hun yn syrthio am wyneb golygus a chorff llesmeiriol Rhys, fe'i gorfodai ei hun i gofio'r diwrnod erchyll hwnnw yn y clinig. Roedd ei chalon erbyn hyn fel hen gneuen, wedi crino a chrebachu ac roedd bywyd yn well felly. Ond roedd yn rhaid iddi chwarae'r gêm gyda Rhys er mwyn iddi symud mewn i'r fflat yma yn y pen draw.

'Trueni bo' ti'n gorfod gweithio yn y clwb yna ...'

'Mae'r arian yn dda a dwi ddim yn un am weithio mewn swyddfa neu gaffi, ti'n gwybod 'ny. Busnes yw e, mae'n well na bod yn sgifi ...'

'Licen i dy weld di mewn gwisg morwyn ...' dywedodd Rhys yn ddireidus.

'Mae gen i ddigonedd o wisgoedd galla i ddod draw tro nesa i dy ddiddanu di ...' Cododd Cerys un ael yn awgrymog.

'Wyt ti ... Wyt ti'n mynd â'r dynion yn y clwb i'r bocs VIP?'

'Ydw, mae'n rhaid i fi, dyna 'ngwaith i.'

'A ti'n shago nhw fel gwnes ti 'da fi?' Eisteddodd Rhys i fyny yn y gwely yn amlwg yn ddig. Roedd e mor 'ifanc', meddyliodd Cerys wrth iddi wylio'n pwdu. *Typical*!

Roedd e jyst fel dyn, yn meddwl mai fe oedd y peth pwysica yn y byd a bod yn rhaid iddi hi gadw'n ffyddlon tra ei fod e adre gyda'i wraig yn eu cegin *bespoke* o Harvey Nicks yn chwarae rhan y gŵr a'r tad perffaith.

'Ti yw fy nghariad i ond dwi'n gorfod bod yn ofalus neu fydda i allan o waith – fedra i ddim troi cwsmeriaid i lawr, mae angen yr arian arna i. Ond dwi ddim yn mynd hanner mor bell 'da nhw a beth es i 'da ti … Rwyt ti'n eithriad i fy rheol arferol. Busnes yw e, dyna i gyd. Ti yw'r un sy'n fy nhroi i arno, ti'n gwybod 'ny …'

''Sai'n lico meddwl am y perfs ma gyd yn cyffwrdd â ti … yn dy ffycio di …'

''Dyn nhw ddim, 'dyn ni ddim fod i gael rhyw 'da'r cwsmeriaid … Wnes i dorri'r rheolau 'da ti achos bo' ti mor ciwt …' Doedd dim angen iddo wybod bod cael rhyw gyda chleientiaid yn ddigon cyffredin yn y blwch VIP os oedd y pris yn iawn …

'Ti'n gwybod 'mod i'n dwlu arnat ti Rhys … A dim achos bo' ti'n styd enwog chwaith! Dwi 'di cwrdd â digon o'r rheiny yn y clwb o'r blaen ac roedden nhw'n dwats!' Roedd hynny'n wir ond doedd yr un ohonynt wedi bod eisiau *affair* llawn amser fel Rhys o'r blaen.

Dyna ni, bach o seboni a byddai e'n ei haddoli hi fel arfer. 'Dwi ddim ishe cael dolur yn syrthio am ddyn priod, ma'n rhaid bo ti'n deall hynny …' Ffugiodd ddagrau crocodeil.

Sylwodd Rhys ar y dagrau a gwelodd yr euogrwydd ar ei wyneb yn syth. 'Ma'n ddrwg 'da fi Cerys, dwi'n bihafio fel twat. Ti sy'n iawn. Sdim hawl 'da fi orchymyn dim byd, dwi ddim yn ddyn rhydd fy hunan ... Dwi ishe ti a dwi'n teimlo 'mod i'n methu dy gael di ...'

'Ti sy pia fi a neb arall,' gwenodd Cerys arno'n dyner. Roedd ei strategaeth yn gweithio. Cadw fe ar hyd braich, ac fel dywedodd Coco wrthi, 'always leave them wanting more.' Cusanodd hi fe'n nwydus a dechrau mwytho'r blew ar ei fynwes fel cath.

'Dwi'n meddwl y byd ohonot ti ond mae'n bwysig bo' ni'n dau'n gwybod lle ni'n sefyll ... Dwi ddim ishe bo ti'n teimlo unrhyw bwysau'n dod wrtho i. Dwi'n hapus i fod yn rhan o dy fywyd cudd di a dwi'n deall bod gen ti deulu a chyfrifoldebau achos dy broffil di a wnai byth ddweud gair wrth neb am hyn ...' Byddai'n sicr yn gwerthu ei stori i'r tabloids pe byddai Rhys yn gorffen pethau gyda hi – roedd eu sesiwn caru yn y clwb wedi ei ffilmio wedi'r cyfan. Ac wrth gwrs, roedd ganddi lu o 'tecsts' ffôn oddi wrtho hefyd fel prawf os oedd angen. Oedodd cyn sirioli drachefn. 'A bydda'n onest, ti'n joio cael ffyc-bydi ar y slei fel hyn on'd wyt ti?'

'Rwyt ti'n fenyw a hanner Cerys ac yn dipyn mwy na ffyc-bydi.' Gwenodd Rhys yn amlwg roedd e'n falch nad oedd hi'n *bunny boiler* ac wedi ei gysuro'n eitha rhwydd mai fe oedd ei phrif ffocws hi ac nid ei enwogrwydd a'i arian.

'Does dim syniad 'da ti', gwenodd Cerys yn enigmatig a'i dynnu ati gan lapio ei choesau o gwmpas ei gefn a dechrau ei garu. Cyn hir, byddai hi a'i bagiau yn symud mewn i'r fflat yma, a gyda lwfans bach personol gan Rhys byddai ei bywyd yn fêl i gyd.

Pennod 3

Lois (Y diwrnod canlynol)

Roedd Lois wedi cyrraedd Fenis. Y ddinas a oedd wedi ei swyno ers iddi ymweld â hi ddwy flynedd ynghynt gyda Sara ar benwythnos gwyllt o yfed *limoncello* (*liqueur* Eidalaidd melys gyda chic mul), fflyrtio gydag Eidalwyr a sglaffio pizza. Er hynny doedd Sara a Clare ddim wedi ei chefnogi'n syth pan ddywedodd wrthynt am ei chynllun i adael Cymru.

'Ai gorymateb yw hyn achos beth ddigwyddodd 'da Guto?' roedd Sara wedi holi tra bod Clare wedi dweud yn blwmp ac yn blaen fel arfer, 'Ti'n gwybod fel wyt ti, Lois, yn cael 'ffads' dros dro ac wedyn yn cael digon … Fyddi di'n hapus yn Fenis yn y tymor hir? Byddi di'n gorfod gweithio cofia, nid ymddwyn fel twrist!'

Roedd Lois wedi breuddwydio'n achlysurol am fyw mewn gwlad dramor. Roedd hi'n dal i ddifaru na wnaeth hi gymryd y cwrs Astudiaethau Americanaidd yna pan oedd yn dewis lle i astudio ei gradd; byddai wedi cael blwyddyn dramor bryd hynny a byddai ei bywyd wedi bod yn hollol wahanol. Dim coleg yn Aberystwyth, dim Daniel a'i hunanladdiad erchyll, dim methu ei chwrs chwaith …

Ond roedd hi'n rhy hwyr i edrych 'nôl, roedd yn rhaid

iddi edrych ymlaen nawr. Oedd, roedd y merched yn poeni amdani, chwarae teg, ond gwyddai Lois ym mêr ei hesgyrn ei bod wedi gwneud y penderfyniad cywir. Doedd hi ddim eisiau bod yn hen wraig mewn cartre henoed rhywle yn difaru nad oedd wedi cymryd y cyfle i wneud rhywbeth cyffrous gyda'i bywyd. Yn y diwedd, cafodd gefnogaeth Clare a Sara pan welodd y merched gymaint roedd hi'n dyheu am gael newid ei bywyd.

A nawr ei bod hi yma, gwyddai ei bod wedi gwneud y penderfyniad cywir. Syllodd o'i chwmpas yn falch. Roedd pob golygfa fel golygfa ffilm gyda'i hadeiladau hynafol a phrydferth. Roedd y gondalas wrth gwrs yn unigryw i'r ddinas ond yn llawer rhy ddrud ac yn costio dros £100 yr awr. Ond roedd y cychod neu'r '*vaparettos*' bach dygn oedd yn llawer rhatach ar gael hefyd. Rhain oedd yn cludo'r llwyth o drigolion Fenis a'r twristiaid di-ri o ardal i ardal. Llwyddodd Lois i gael swydd ran amser yn dysgu Saesneg ond bu'n rhaid iddi dalu crocbris am fynychu cwrs dwys gyda TEFL, cwmni oedd yn hyfforddi darpar athrawon tramor am y fraint. Wythnos yn unig gymerodd y cwrs (diolch i'r ymarfer dysgu wnaeth hi ar fympwy wedi iddi orffen ei gradd) a bant â hi!

Roedd ei mam wedi grwgnach dipyn pan ddywedodd hi wrthi ei bod am adael Cymru i fyw yn Fenis. Roedd unrhyw le y tu hwnt i Gaerdydd yn 'rhy bell' yn llygaid ei mam. Ond roedd ei thad yn bositif iawn. 'Mae'r wlad 'ma'n mynd i'r diawl, mae'n well bod y groten yn mynd i Ewrop ac ennill arian da. Ond paid siarad 'da'r dynion Eidalaidd 'na.'

'Neu unrhyw ddynion dierth,' ychwanegodd ei mam a phryder yn eu llygaid.

Roedd Hywel a Meleri wedi ei chefnogi gant y cant fel arfer, er bod Hywel hefyd wedi ei rhybuddio gyda'i dafod yn ei foch rhag 'syrthio mewn cariad gyda rhyw *Lothario* mewn crys sidan!' Roedden nhw wedi ei gyrru i'r maes awyr a chwbl, chwarae teg. Roedd hi'n eiddigeddus iawn o Hywel a Meleri. Y ddau yn gwbl hapus gyda'i gilydd, yn edrych 'mlaen at ddechrau teulu a hithau fel rhyw bererin di-wraidd yn chwilio am hapusrwydd byth a beunydd. Ond roedd hi ar antur, roedd hi yn Fenis ac roedd hwn yn gyfle arall iddi ddechrau o'r dechrau. Doedd neb yn gwybod ei hanes yma, neb yn gwybod am beth ddigwyddodd gyda Daniel a Guto. Gallai fod yn ferch gosmopolitan, drendi a dysgu Eidaleg er mwyn ymdrochi'n llwyr yn y profiad. Roedd ganddi TGAU mewn Eidaleg er mai dim ond gradd C gafodd hi ac i fod yn onest, doedd hi ddim yn cofio rhyw lawer. Ond roedd hi wedi cael gafael mewn tâp dysgu Eidaleg ac wedi gwrando arno'n gyson ac yn dechrau cofio ambell frawddeg.

Roedd hi wedi dod o hyd i lety trwy gysylltiadau TEFL ac yn rhannu fflat gyda merch arall o Gymru, yn rhyfedd iawn. Roedd hi ar y ffordd yno nawr i'w chyfarfod am y tro cynta ac yn eitha nerfus. Beth petai hi'n od ac yn *weirdo*? Yn smwddio ei thywelion a'i niceri ac yn byw fel lleian?

Roedd y fflat yn ardal Dorsoduro ar stryd Salizada San Pantalon. Roedd e'n swnio mor rhamantaidd synfyfyriodd Lois wrth iddi gerdded heibio amgueddfa enwog yr *Accademia* yn llusgo ei bagiau'n drwsgl dros y grisiau niferus. Un peth am Fenis, byddai'n sicr o golli pwysau gyda'r holl ddringo a cherdded!

Stopiodd am funud i gael mwgyn a hoe a syllu ar y map eto i weld lle roedd hi. Trueni bod ei gallu i ddarllen mapiau yn pathetig. 'You lost lady?' holodd un o fois y *gondolas* yn llawen. Roedden nhw'n ffigyrau amlwg yn Fenis yn eu trowsusau duon, eu crysau t streipiog a'u hetiau llydan yn aros am dwristiaid naïf. 'I'm OK, *grazie*,' dywedodd Lois yn gwrtais gan ddechrau ar ei ffordd unwaith eto. Roedd yn rhaid iddi fod yn ofalus er nad oedd dim byd amheus i'w weld am y dyn.

Ar ôl crwydro'n ddigyfeiriad am ychydig penderfynodd eistedd am goffi yn y Campo Santa Margherita, sgwâr roedd hi wedi ymweld â hi ddwy flynedd ynghynt. Gwyddai yn ôl y map nad oedd hi'n rhy bell o'r fflat nawr. O'i chwmpas, roedd yna dorf o bobl ifanc, myfyrwyr mae'n rhaid, yn mwynhau eu diodydd Peroni yn yr haul. Ac roedd stondinau lliwgar marchnad fechan yn gwerthu pysgod, ffrwythau a phob math o bric a brac. Gwenodd Lois wrth iddi fwynhau'r olygfa o'i blaen. Yn bendant roedd hi wedi gwneud y penderfyniad cywir. Dyma le mor brydferth, mor ddeinamig a chyffrous.

Yfodd ei choffi a smocio sigarét arall. Roedd hi'n oedi am ei bod hi'n nerfus i gwrdd â'i fflat-mêt newydd. Ond roedd y bagiau'n pwyso tunnell ac roedd hi wedi blino'n lân a doedd dim modd osgoi'r foment am byth. Cododd a sbecian ar y map eto cyn troi tuag at stryd Salizada San Pantalon. A dyma hi. Roedd y fflat mewn hen adeilad llawn cymeriad oedd wedi ei baentio'n lliw *terracotta*. Roedd yna fasgedi bach o *geraniums* yn hongian o'r ffenestri ac i fyny fry roedd dillad rhywun yn sychu ar lein ddillad oedd wedi ei chysylltu â'r tŷ gyferbyn. Canodd y gloch i fflat rhif 2. Daeth llais merch dros yr intercom, 'Helô?'

'Hiya, it's Lois here, I'm moving in today?'

'O grêt, dere mewn Lois! Cer yn y lifft i'r ail lawr.' Roedd ei fflat-mêt yn siarad Cymraeg! Acen ddeheuol o'r Cymoedd amheuai Lois. Wel, enghraifft o'r ystrydeb fod y byd yn fach. Roedd hi'n swnio'n gyfeillgar ta beth. Roedd y lifft yn hynafol, fel y lifftiau haearn yn yr hen ffilmiau. Roedd y sŵn roedd e'n ei wneud braidd yn anarferol hefyd a phrin roedd lle iddi hi a'i bagiau ond doedd dim ots, roedd hi yn Fenis ac roedd hyd yn oed y lifft yn llawn cymeriad. Efallai ei bod hi'n rhamantu braidd, ond roedd pob dim am y lle cyn belled yn llawer gwell nag ardal Cathays yng Nghaerdydd â'i strydoedd gwlyb, llawn baw ci!

Cnociodd ar y drws yn llipa. O'r mowredd, falle byddai wedi bod yn well petai hi wedi cael fflat ar ei phen ei hun, ond roedd yn llawer rhy ddrud gyda'i chynilion tila a'r cyflog pitw fyddai'n gael yn dysgu. Roedd hi'n gobeithio cael swydd arall mewn tŷ bwyta neu dafarn neu rywbeth i gadw dau ben llinyn ynghyd. Agorodd y drws ac yno safai merch fechan fochgoch, â gwallt coch llawn cwrls yn syllu arni'n gyfeillgar. 'Lois! Dere mewn!

Ma' golwg wedi blino arno ti!' Ochneidiodd Lois gyda rhyddhad, roedd hon yn groten neis ac yn amlwg yn meddu ar bersonoliaeth gynnes a hawdd.

'Wel, dwi braidd yn flinedig ...' Camodd Lois i mewn i'r fflat yn betrus a syllu o'i chwmpas gan geisio peidio â bod yn rhy fusneslyd.

'Catrin ydw i, Catrin Rees, o Ystradgynlais gynt. Dwi'n ddau ddeg chwech, gyda'n ddannedd 'yn hunan, dim cariad, dim arian ond yn barod am sbri!'

'Ti'n swnio'n union fel fi!' chwarddodd Lois gan ysgwyd ei llaw.

'Na, dwi'n siŵr fyddi di'n fwy call. Reit, rho'r bagiau trwm 'na lawr fan 'na ac fe wnâi arllwys gwydryn o win i ti!' Oedodd Catrin am eiliad ac edrych yn betrus, 'Erm ... wi'n cymryd bo' ti'n yfed gwin? Ma' da fi goffi 'ma hefyd ...'

'Bydde gwydred o win yn grêt, diolch.'

Tywalltodd Catrin joch da o win coch i wydryn a'i roi yn ei llaw. 'Eistedda Lois, a gewn ni hoe fach cyn i fi ddangos y fflat i ti. Wneith hwnna gymryd rhyw hanner munud!' chwarddodd Catrin drachefn wrth lowcio'i gwin.

'Mae'n od bo' ni'n dwy yn siarad Cymraeg,' dywedodd Lois.

'Os ei di i unrhyw le yn y byd, ti bownd o ffeindio Cymro neu Gymraes, 'dyn ni fel clêr, ymhobman!'

'Dwi'n rili falch achos ma'n Eidaleg i'n uffernol.'

'Wel bydd rhaid i ti ymarfer achos dyna'r ffordd hawsa i ffitio mewn yma. Fe ddes i 'ma ryw wyth mis yn ôl heb fawr o Eidaleg, ond nawr dwi'n weddol rugl. Fe wnewn ni ymarfer 'da'n gilydd!'

'Wyt ti'n dysgu Saesneg hefyd?'

'Ydw, yn y Liceo Foscarini. Dwi wrth fy modd. Mae'r myfyrwyr yn gyfeillgar a rili

eisiau dysgu, dyw'r arian ddim yn ffôl a blydi hel, dwi yn Fenis!'

'Dwi dal ddim yn gallu credu 'mod i yma ...'

'Wel, mi wyt ti a dwi'n gwybod byddi di wrth dy fodd. Gwranda, fi'n gwybod ei bod hi'n gallu bod yn galed symud i wlad newydd, swydd newydd a chartre newydd. Ond dwi'n hapus i fod yn *tour guide* i ti gael ffeindio dy draed. Des i 'ma ar ben fy hunan ac o'n i'n cachu brics!'

'Diolch Catrin ... Dwi'n rili gwerthfawrogi hwnna.'

'Dim probs. Nawr 'te, ti'n barod am y *tour*?'

Gan ddynwared un o'r menywod yna ar y teledu oedd yn dangos tai ar werth i bobl, dechreuodd Catrin ei *spiel*. 'A dyma'r ystafell fyw wrth gwrs – *compact* a *bijou*. Wedi ei dylunio yn steil *shabby chic* ac ma' gyda ni gyfleusterau arbennig yn cynnwys ffwton sy'n dwblu fel gwely – handi ar adegau pan fyddwn wedi tynnu sawl dyn 'nôl yma!'

Chwarddodd Lois gan obeithio nad oedd Catrin yn ferch oedd yn cael shag-ffests di-baid – byddai'r sŵn yn cario'n rhwydd mewn fflat mor fach.

Fel petai hi'n darllen ei meddwl, dywedodd Catrin yn gyflym, 'Cyn belled, dim ond fi sydd wedi cysgu ar y ffwton ar ôl gormod o Spritz un noson!'

'Spitz?' dywedodd Lois mewn penbleth.

'Nage, Spritz! Diod rili neis ti'n cael yn Fenis –

prosecco, bach o *liqueur* fel Campari hefyd ac wedyn dropyn bach o ddŵr *fizz* ar ei ben e. Cic fel mul cofia! *Sunshine in a glass*, medden nhw. Ewn ni mas heno a gei di drio un!'

Dilynodd Lois hi i'r ystafell wely, oedd, a bod yn garedig, fel bocs bychan.

'A dyma fydd dy ystafell di.'

Roedd yna wely sengl bychan iawn iawn wedi ei wasgu yn erbyn y wal, un gadair ger y ffenest a chwpwrdd hynafol o bren pin golau wedi ei wasgu yn erbyn y wal arall. Ond roedd hi yn Fenis a byddai wedi cysgu mewn twlc pe bai rhaid.

'Cwpwl o bosteri a *duvet* bach lliwgar, bydd e'n iawn sbo,' dywedodd Catrin yn gysurlon.

'Ie, dim ond lle i gysgu sydd angen arna i,' dywedodd Lois yn optimistaidd.

'A chei di weld fy ystafell i, rhag ofn bo' ti'n meddwl fod gen i *penthouse suite* neu rywbeth!'

Gan nad oedd ardal 'pen grisiau' fel y cyfryw, roedd ystafell Catrin drws nesa'n union i'w hystafell hi. Roedd ystafell Catrin o bosib, hyd yn oed yn llai na'i hystafell hi. Ond roedd wedi llwyddo i greu cwtsh bach clud, a'r muriau wedi eu paentio'n binc fel hufen iâ mefus, *duvet* porffor ar y gwely a llwyth o bosteri a lluniau ar y wal. Roedd yn falch o weld bandiau da fel Blur a Pulp ymhlith y posteri. Diolch byth nad oedd Catrin yn ffan o Celine Dion neu Mariah Carey!

'Ti 'di gwneud jobyn da o addurno'r stafell.'

'Ie, mae'r landlord, Vittorio yn eitha da chware

teg, mae'n hapus i ni baentio'n hystafelloedd dim ond bo' ni'n eu paentio nhw 'nôl yn wyn pan fyddwn ni'n gadael. Wna i helpu ti i baentio dy ystafell di os ti moyn,' cynigodd Catrin. Roedd muriau ystafell Lois yn llwyd ac yn oeraidd yr olwg, a byddai cot o baent melyn golau yn gwneud byd o wahaniaeth.

'Diolch cyw, ie, byddai hynny'n grêt.'

'Reit, wyt ti ishe bwyd?'

'Ydw, ond well i fi ffonio fy mam gynta,' dywedodd Lois. 'Neu bydd hi'n becso'n siwps amdana i.'

'Ma' fy mam i 'run peth,' dywedodd Catrin.

'Oes ffôn yn y fflat?'

'Na, mae'n rhy ddrud, sori am 'na. Dwi'n defnyddio ffôn sy yn y cyntedd. Bydd angen newid arnat ti. Ma 'da fi beth fan hyn ...' Estynnodd Catrin flwch bach ar silff y ffenest a rhoi dyrnaid o arian mân yn llaw Lois.

'Wna i dalu ti 'nôl!'

'Gei di brynu Spritz bach i fi heno,' dywedodd Catrin. 'Cer di lawr i ffonio dy fam ac wedyn ewn ni mas.'

'Nôl â hi yn y lifft ac yno ar y llawr gwaelod yn y cyntedd roedd hen ffôn. Edrychai yn go hynafol ond roedd yn gweithio'n iawn. 'Helô? Helô? Pwy sy 'na?' Roedd ei mam bob amser yn swnio'n wyllt ar y ffôn. 'Mam, Lois sy 'ma, dwi wedi cyrraedd yn saff a dwi yn y fflat.'

'O diolch i Dduw ... Gwranda Lois, ma' 'da fi newyddion drwg i ti ...'

Llamodd ei chalon wrth iddi glywed tôn leddf ei mam. Ei thad? Be oedd wedi digwydd?

'Be sy'n bod, Mam? Chi'n iawn, ydy Dad yn ocê?'

'Ni gyd yn iawn, Lois. Ond newydd glywed ydw i heddi, ma' Meleri ... wedi cael damwain ...'

'O na!' Synhwyrai Lois fod yna waeth i ddod.

'O Lois fach, mae'n ofnadwy 'mod i'n gorfod dweud hwn wrthot dros y ffôn. Fe wnaeth hi farw pnawn ddoe ... Roedd hi'n gyrru a daeth lori o rywle ... Dy'n nhw ddim yn gwybod y manylion ... Ma' Hywel yn yr ysbyty, ond ma'n nhw'n meddwl daw e drwyddi.'

Simsanodd Lois gyda'r sioc a dechreuodd ei hymennydd redeg golygfeydd o Meleri yn ei phen. Gwelodd Meleri a Hywel ar ddydd eu priodas, Meleri yn chwerthin yn braf gyda hi dros beint ... Roedd hi'n methu credu ei bod hi wedi mynd, a'r efeilliaid roedd hi'n eu cario hefyd. O, Hywel! Byddai'n rhaid iddi ddod adre. Ond sut? Doedd dim digon o arian gyda hi i dalu am docyn awyren arall.

Roedd ei mam o'i blaen hi fel arfer. 'Gwranda, ma' dy dad wedi rhoi cwpwl o gannoedd yn dy gyfri di heddi er mwyn i ti gael dod adre. Sai'n siŵr pryd fydd yr angladd eto. Ond fyddi di'n gallu dod 'nôl? Be am y jobyn 'na?'

'Ma' pythefnos 'da fi cyn bydda i'n dechre,' dywedodd Lois yn dawel. Roedd hi wedi trefnu cael amser rhag blaen i ddysgu mwy am yr ardal ac ymarfer ychydig ar yr Eidaleg ac i ffeindio gwaith arall hefyd.

'Wna i ddod adre cyn gynted ag y gallai Mam, diolch am yr arian. Ffonia i chi o'r maes awyr pan fydda i wedi cael ffleit.'

'Cymer ofal 'nghariad i ... Mae'n ddrwg iawn 'da fi,'

clywodd lais ei mam yn ymladd dagrau. Roedd hithau hefyd yn dwlu ar Hywel, ers iddo ddod yn fachgen ysgol swil i'w cartre i wylio fideos gyda Lois flynyddoedd ynghynt.

Â'r dagrau'n llifo i lawr ei gruddiau, agorodd Lois ddrws y fflat i weld Catrin yno'n rhoi ei cholur am ei hwyneb. Stopiodd yn stond wrth weld wyneb Lois. 'Be sy 'di digwydd?'

'Bydd rhaid i fi fynd adre am ychydig,' dywedodd Lois cyn eistedd ar y soffa a dechrau beichio crio. Gobeithio i Dduw byddai Hywel yn dod drwyddi. Allai hi ddim dioddef meddwl amdano yn yr ysbyty, wedi colli ei wraig a'i blant. Roedd yn rhaid iddo ddod drwyddi, roedd yn rhaid.

✦

Hywel (Ddeuddydd yn ddiweddarach)

'Mr Morgan, Mr Morgan, ydych chi'n gallu nghlywed i?'

Deuai'r llais i'w isymwybod o bellter mawr. Ond roedd e jyst eisie cysgu.

'Mr Morgan! Mae ei lygaid e'n symud.'

'Hywel, Mami sy 'ma … Ti'n gallu nghlywed i cariad?'

Ei fam? Beth oedd ei fam yn ei wneud yma? Lle roedd e? Teimlodd boen yn ei asennau. Agorodd ei lygaid yn araf i weld wyneb dagreuol ei fam yn syllu arno'n bryderus.

'Mam?'

'Doctor! Mae e'n fy nabod i!'

'Mr Morgan, rydych chi yn yr ysbyty. Rydych chi wedi bod mewn damwain car. Ydych chi'n cofio?'

Ceisiodd Hywel godi o'i wely ond roedd yn rhy wan. 'Meleri! Lle mae Meleri? Fy ngwraig?'

Roedd yr ystafell fel petai'n llawn niwl. Heb ei sbectol, roedd e'n methu gweld yn iawn. Ond pam nad oedd neb yn dweud lle roedd Meleri?

'Mam! Gwedwch wrthyn nhw i chwilio am Meleri. Mae'n disgwyl efeilliaid!'

Cydiodd ei fam yn ei law yn dyner a sylwodd nawr ei bod hi'n llefain.

'Hywel bach, mae mor ddrwg 'da fi … O'ch chi'ch dau mewn damwain car a … a ddaeth Meleri ddim drwyddi.'

'Beth? Na, Mam, ma Meleri'n iawn. Ni'n disgwyl efeillaid.' Pam oedd ei fam yn dweud y fath beth? Oedd hi wedi mynd yn orffwyll?

'Doctor, dyw e ddim yn fy neall i.'

'Y sioc, Mrs Morgan a thrawma'r ddamwain, mae'n eitha cyffredin mewn achosion fel hyn.'

'Dwi ishe gweld Meleri nawr!' dywedodd Hywel gan hanner codi'n drwsgl o'r gwely.

'Peidiwch â symud Mr Morgan, rydych chi wedi cael dolur eitha difrifol …' dywedodd y doctor gan edrych i'w lygaid efo'i dorsh.

'Stopiwch hi wnewch chi, ewch i nôl 'y ngwraig i,' gwthiodd Hywel ddwylo'r doctor diawl o'r neilltu. Pam ffyc oedd hwn a'i fam yn bihafio fel hyn? Roedd yn rhaid iddo fe ffeindio Meleri. Ceisiodd ddringo i lawr o'r gwely ond sylwodd fod ei goes mewn plaster.

Gafaelodd ei fam ynddo fe a dweud yn dyner. 'Hywel bach, ma' Meleri wedi mynd ... Roedd hi wedi cael gormod o niwed ... Triodd y doctor ei orau i'w hachub hi.'

'Doctor, mae'n rhaid bod 'na gamgymeriad. Ma' Meleri bownd o fod yn yr ysbyty 'ma'n rhywle. Falle bo ni wedi cael ein gwahanu adeg y ddamwain ... Gallwch chi edrych amdani? Plîs?' Teimlodd y dagrau'n dechrau ffrydio i lawr ei ruddiau.

'Dwi wedi'i gweld hi, Hywel,' dywedodd ei fam. 'O'dd angen rhywun i ... i ... adnabod y ... y corff.' Corff? Corff? Roedd ei wraig yn gorff? Roedd e'n methu dirnad y peth.

'Na, na!' dechreuodd sgrechian yn afreolus. Roedd yn rhaid iddo ddianc o'r uffern 'ma.   Roedd ei fam, y doctor, roedden nhw'n cynllwynio yn ei erbyn e a Meleri. Roedd ei fam yn chwarae ei thriciau arferol, yn ceisio eu gwahanu nhw.

'Chi'n gweud anwiredd!'

'Sefwch 'nôl plîs Mrs Morgan, bydd angen i ni roi e i gysgu. Ma'r sioc yn ormod iddo fe yn y cyflwr gwan yma ...'

'Dwi'n dy garu di Hywel,' clywodd ei fam yn dweud o bell. Ond yna syrthiodd i drwmgwsg drachefn.

✦

(Wythnos yn ddiweddarach)

'Mae mor ddrwg gen i Hywel bach,' cydiodd Lois yn ei law yn dyner. Safai'r ddau ynghanol y dorf tu allan i Gapel Efengylaidd Rhydaman, sef capel y teulu.

Roedd Hywel yn brwydro i gerdded ar ei faglau ac roedd Lois a'i fam wrth ei ochr i'w gynnal wrth iddynt fynd mewn i'r capel. Doedd e heb ddweud fawr ddim wrth neb ers deffro am yr eildro yn yr ysbyty. Roedd e'n teimlo fel petai e mewn ffilm erchyll, arswydus, a ymdebygai i'r straeon hunllefus a welai yn y newyddion yn ddi-baid am bobl ifanc yn marw'n annisgwyl mewn damweiniau. Roedd yn dal i ddisgwyl i Meleri ddod rownd y gornel a dweud mai nonsens oedd y cwbl, ei bod hi a'r efeilliaid yn iawn. Ond ffantasi oedd hynny. Roedd e'n gwybod hyn yn y bôn ond yn dal yn methu dirnad y peth.

Roedd y doctor yn yr ysbyty eisiau ei gadw i mewn am o leia wythnos arall ond roedd e'n methu dioddef gorwedd yn y gwely cul yna yn arogli antiseptig a marwolaeth. Buodd yn lwcus, meddai'r nyrs ddi-glem wrth iddi ei helpu gyda'i bethau'r diwrnod y gadawodd yr ysbyty. Lwcus? Lwcus? Ha! Roedd e *yn* foi lwcus, boi mwya lwcus y byd. Colli ei gymar oes, colli ei blant, byddai pawb yn eiddigeddus o'i 'lwc'. Dywedodd hyn wrth y nyrs a gweld ei hwyneb yn gwelwi wrth iddi sylweddoli beth roedd hi wedi ei ddweud. 'O ran eich clwyfau, Mr Morgan, nid o ran eich profedigaeth.' Oedd, fel cic arall yn y ceilliau, roedd ei glwyfau yn chwerthinllyd o ddibwys. Torrodd ei goes, cleisiodd ei asennau a chafodd gyfergyd.

Meleri oedd wedi goddef holl bŵer ergyd y lori. O'r hyn a ddeallai gan ei fam, ac roedd hithau'n amlwg yn ofni datgelu gormod wrtho, roedd y niwed i'w phen wedi ei lladd. Er ei bod yn fyw yn cyrraedd yr ysbyty, prin hanner awr yn ddiweddarach, roedd hi wedi mynd am byth.

Profedigaeth, profedigaeth. Dyna air y dydd. Pawb eisiau ysgwyd ei law neu roi braich am ei wddf a chydymdeimlo â'i 'brofedigaeth'. Roedd e wastad wedi casáu angladdau, y ddefod, y *stiff upper lip* oedd yn ddisgwyliedig. Roedd angladd ei dad yn dal mor fyw yn y cof, a nawr dyma angladd arall, ond yn fwy erchyll y tro hwn. Doedd e ddim yn siŵr a fyddai'n medru wynebu'r angladd, a'r arch ... 'Hywel, mae mor ddrwg gen i,' clywodd lais cyfarwydd a throdd a gweld Cerys yno yn dal tusw o flodau lili. 'Diolch,' ceisiodd wenu arni ond methodd a dychwelodd y dagrau drachefn.

Gwelodd fod y capel yn orlawn er iddo ef a'i fam benderfynu ar angladd preifat. Ei fwriad wrth wneud hynny oedd rhwystro pobl rhag dod i fusnesu ac i fwydo ar y drasiedi. 'Glywsoch chi am Meleri Morgan? Gwraig Hywel a merch yng nghyfraith Gwenda? Wedi bod yn yr ysbyty i gael sgan cynta, ffeindio mas bo' nhw'n disgwyl efeilliaid ac wedyn cael damwain car ar y ffordd adre ... Wedi marw druan fach â hi ond arbedwyd e ... Ma'n nhw'n dweud bod y boi o'dd yn gyrru'r lori wnaeth eu bwrw wedi cael strôc tu ôl i'r olwyn, ie, ma' hwnnw wedi marw hefyd. Druan o Hywel a Gwenda ...'

Dymunai osgoi bod yn brif gymeriad yn y drasiedi

epig dros ben llestri yma. Roedd e eisiau bod gyda'i wraig. Pam nad oedd e wedi marw hefyd? Os oedd yna nefoedd, o leia bydden nhw gyda'i gilydd, ond roedd e'n amau'n fawr a oedd nefoedd yn bodoli erbyn hyn, gwyddai nawr mai ffantasi llwyr oedd y lle i helpu pobl ddygymod â'u colled. Ofer oedd ceisio bargeinio gyda Duw er iddo geisio gwneud hynny drwy weddïo arno i droi'r cloc yn ôl er mwyn iddo fe yrru y diwrnod hwnnw yn lle Meleri. Petai un ohonynt yn gorfod marw, byddai wedi bod yn hapus iddi hi gael byw. Byddai'n fodlon gwneud hynny yn ddi-gwestiwn. Ond gwyddai nad oedd pwynt holi'r fath gwestiynau pathetig. Nid oedd unrhyw sail na sylwedd i beth ddigwyddodd; dim Duw, dim bywyd tragwyddol, dim patrwm. Dim ond anrhefn a chreulondeb bywyd ac 'un o'r pethau 'na sy'n digwydd bob dydd i rywun' a'r tro yma roedd wedi digwydd iddo fe, ei wraig a'i blant.

Roedd Lois, chwarae teg, wedi dod adre o Fenis i fod gyda fe. Roedd e'n ddiolchgar iddi ac roedd yn gysur gweld ei hwyneb cyfarwydd, caredig. Roedd Lois hithau wedi dioddef colli Daniel bedair blynedd ynghynt ac roedd e'n gallu gweld y ddeialltwriaeth yn ei llygaid. Doedd hi heb holi dim am y ddamwain ond roedd hi wedi bod yn gefn iddo fe a'i fam ac wedi'u helpu i wneud y trefniadau ar gyfer y diwrnod erchyll hwn.

A nawr, roedd hi'n bryd iddo edrych ar yr arch. Ceisiodd beidio, ond roedd yn rhaid iddo. Eisteddodd gyferbyn â'r blwch pren lliw hufen. Edrychai'n fychan iawn a cheisiodd ei orau i beidio meddwl am Meleri yn gorffwys ynddo – ei hwyneb prydferth wedi ei falu gan y ddamwain. Roedd e wedi penderfynu peidio â gweld y corff, doedd e ddim eisiau ei chofio hi wrth ei gweddillion. Roedd e eisiau ei chofio fel person byw, llawn gobaith a hapusrwydd. Roedd ei fam wedi ceisio ei gynnwys yn y trefniadau, ond doedd dim ots 'da fe ym mha focs roedden nhw'n ei rhoi hi, pa emynau dibwys roedden nhw am ganu; roedd hi wedi mynd. Yr unig beth iddo ofyn iddynt ei drefnu oedd bod blodau'r haul yn cael eu rhoi ar ei harch. Dyna'r blodau wisgodd ar ddydd eu priodas ac roedden nhw'n addas iawn i'w phersonoliaeth liwgar, braf a phrydferth. Doedd e ddim eisiau blodau marwolaeth yn drewi'r lle gyda galar.

Roedd mam Meleri wedi dewis dau emyn hoff i'r teulu a dechreuodd bawb ganu wrth i Hywel a'i fam a'r prif alarwyr, teulu Meleri, ostwng eu pennau. Brwydrodd i ddal y dagrau yn ôl. Roedd e wedi siarad ychydig cyn yr angladd â mam a thad a brawd Meleri ond synhwyrodd eu bod nhw'n ei feio e am y ddamwain. A'i fai e oedd mewn gwirionedd. Petai e wedi gyrru, gallai fod wedi bod yn stori wahanol. Petai e heb dynnu sylw Meleri cyn ergyd y lorri, byddai'n fyw, efallai. Oedd, roedd e'n deall pam roedden nhw'n ei gasáu e, roedd e'n casáu ei hunan.

Teimlodd law Lois yn gwasgu ei law yntau a sŵn y pregethwr yn mwmial ei ddefod yn y pellter. 'Merch ifanc, hawddgar, gwraig annwyl, merch a merch yng nghyfraith gariadus.' Ie'r *spiel* arferol mewn achosion fel hyn. Roedd e eisiau neidio ar ei draed a dweud 'roedd hi'n fwy na hynna! Roedd hi'n medru gwneud i unrhyw un i deimlo'n arbennig, roedd hi'n gallu cyffwrdd â'i thrwyn â'i thafod, roedd hi'n giamstar yn cwcio *spag bol*, hi oedd yr unig ferch roedd yn ei garu … oedd wedi ei garu.' Ond doedd y twlsyn 'ma ddim yn gwybod dim am bwy oedd hi go iawn. Roedd e'n ysu nawr i'r holl beth ddod i ben. Ni fedrai wynebu'r te wedi'r angladd ym mharlwr ei fam, y crio dros y *vol-au-vents*, y murmur wrth i bobl ddechrau siarad am bynciau bob dydd achos eu bod nhw methu delio â marwolaeth. Sibrydodd yng nghlust Lois, 'Dwi ddim ishe mynd i'r te wedyn.'

Sibrydodd Lois yn ôl, "Sdim rhaid i ti, ddof i gyda ti.'

Nodiodd Hywel ei ben. Diolch byth, byddai'r cyfan drosodd cyn hir.

✦

Gorymdeithiodd y dorf i lan y bedd, a Hywel a'r prif alarwyr yn arwain. Roedd y ffycin baglau yma'n jôc ac yn ei wneud yn ffigwr mwy pathetig na beth oedd e'n barod. Gwyliodd yr arch yn cael ei gostwng i'r bedd. Roedd ei fam wedi llwyddo i gael lle gerllaw bedd ei dad ac roedd teulu Meleri wedi cytuno â hyn. 'Gallan nhw fod gyda'i gilydd; dwi'n gwybod bydd John yn edrych ar ei hôl hi,' dywedodd ei fam yn sentimental. Roedd yn eiddigeddus o'i fam a'i ffydd ddisymud. Roedd hi wedi colli ei gŵr yn ddisymwth ac yntau ond yn ei bumdegau. Nawr roedd hi wedi colli ei merch yng nghyfraith, ond roedd hi'n dal i lynu wrth yr hen swcwr yna, bod Duw yn deall y cwbl ac yno i roi cysur. Trueni amdani, ei bod hi'n methu gweld y gwir. Neu falle ei bod hi ond yn gwrthod ei dderbyn.

Roedd wedi dweud wrth ei fam nad oedd e eisiau'r melodrama o daflu blodyn neu bridd ar yr arch ac roedd hithau wedi cytuno. Ond roedd teulu Meleri yn amlwg eisiau dangos eu ffarwél a gwyliodd ei mam a'i thad yn gollwng rhosyn gwyn ar yr arch. Ych! Roedd y peth yn codi cryd arno. Dechreuodd y dorf wahanu a'r 'detholedig rai' yn paratoi i fynd i dŷ ei fam am fara brith a 'dished'. Roedd hi'n oer yn y fynwent, a hithau ond yn fis Mawrth ac roedd yn falch bod y tywydd yn ddiflas; byddai heulwen a hindda wedi tanseilio difrifoldeb y dydd.

'Mam, alla i ddim wynebu'r te. Ma' Lois a fi'n mynd i rywle arall.'

'Lle chi'n mynd?' holodd ei fam yn wyllt.

'Sai'n gwybod, ond alla i ddim wynebu mwy o gydymdeimlad a siarad wast.'

'Ond bydd pobol yn meddwl bod ti'n od, Hywel.'

'Dwi ddim yn becso taten, Mam, triwch ddeall.'

Nodiodd Hywel ar Lois a chydiodd hithau yn ei fraich a'i arwain trwy'r fynwent at y maes parcio gerllaw. Sylwodd fod pobl yn edrych arnynt yn chwilfrydig ond doedd e'n becso'r dam. Mae'n siŵr y byddai rhai ohonynt yn dechrau sibrwd ei fod e a Lois yn rhy agos – o'dd e'n nabod eu teip nhw yn iawn.

'Lle ti ishe mynd?' holodd Lois wrth iddi gynnau injan y car.

'Ewn ni i Gelli Aur,' dywedodd Hywel. Doedd e ddim

yn gwybod pam roedd e wedi dewis Gelli Aur. Cofiai pan oedd yn blentyn y byddai e a'i fam a'i dad yn mynd yno am dro ac roedd yn llecyn anghysbell a phrydferth.

'Iawn,' dywedodd Lois gan droi'r car i gyfeiriad Llandeilo.

Trodd i edrych ar y capel a'r fynwent wrth iddyn nhw yrru i ffwrdd. Ta-ta, cariad, dywedodd yn ei ben wrth ei wraig. Ta-ta.

+

Cerys (Yr un diwrnod)

Teimlai Cerys fel lembo yn sefyll tu allan i'r capel a'r galarwyr eraill i gyd yn eu gwisgoedd du di-ffasiwn, fel brain yn aros am gig yn disgwyl i'r prif alarwyr a'r arch gyrraedd. Roedd hi wedi gofyn i Lois ar y ffôn pwy noson a fyddai modd iddi ddod draw i'r tŷ er mwyn teithio i'r angladd gyda hi. Sut bynnag, roedd Lois wedi addo mynd gyda Hywel a'i fam yng nghar y prif alarwyr, ac felly roedd Cerys wedi gorfod ffeindio ei ffordd ei hunan i'r capel bach yn Rhydaman.

'Cerys? Ti sy 'na? O'n i ddim yn nabod ti – ti'n edrych mor glam!' O yffarn, Rhian Hughes, oedd yn yr ysgol gyda hi, Lois a Hywel. Be oedd hon yn neud ma? Doedd hi byth wedi bod yn ffrindie gyda nhw. Amlwg ei bod hi yma i fusnesu. Penderfynodd gael ychydig o hwyl gyda hi. Trodd i'w hwynebu a chrychodd ei haeliau gan esgus nad oedd hi'n adnabod y ferch yma. 'Sori? Odyn ni'n nabod ein gilydd?'

'Rhian, w, Rhian Hughes! Wel, Mainwaring nawr.' Dangosodd Rhian ei modrwy briodas iddi yn falch, diemwnt tila iawn ym marn Cerys. Byddai angen microsgop i'w weld yn iawn.

'Rhian ...' Pendronodd Cerys ymhellach. 'O ie, ma rhyw frith gof 'da fi ohonoch chi nawr ... Ie, neis i weld chi eto, Rhian. Esgusodwch fi am funud, dwi am fynd am fwgyn.'

Cerddodd Cerys tuag at gilfach dawel, yn ddigon pell oddi wrth Rhian a'i thebyg a chynnau Marlboro Light. Tynnodd y mwg yn ddwfn i'w hysgyfaint a meddyliodd am Meleri a Hywel. Doedd hi heb eu gweld nhw ers rhai blynyddoedd nawr. Y tro diwetha gwelodd hi nhw oedd yn nhŷ Lois ryw dair blynedd yn ôl. Cofiai'r pigiad o eiddigedd a deimlai wrth weld yr hapusrwydd a'r cariad a ffrydiai rhyngddynt. Wrth gwrs, allai cariad felly ddim para ac roedd Cerys yn falch nawr nad oedd hi wedi syrthio am rywun i'r fath raddau y byddai ei farwolaeth yn dinistrio ei bywyd. Ond roedd hi'n amlwg yn flin bod Meleri wedi marw ac roedd hi'n teimlo dyletswydd i ddod i'r angladd heddiw. Ble oedd Lois? Edrychodd ar ei horiawr yn ddiamynedd, roedd hi'n tynnu at un ar ddeg. Yna, gwelodd yr hers yn cyrraedd a'r arch yn weladwy a blodau haul llachar ar ei phen. Cofiodd â fflach y blodau haul y gwisgodd Meleri yn ei gwallt ar ddydd ei phriodas â Hywel. Teimlai'r dyddiau hynny yn Aberystwyth fel oes arall, roedd hi wedi newid gymaint.

Taflodd bonyn ei sigarét yn ddihidans i'r llawr a cherddodd tuag at Hywel a Lois, oedd yn ymlwybro'n drafferthus tuag at ddrws y capel. Roedd Hywel druan ar ei ffyn baglau ac roedd Lois a'i fam yn cael trafferth i'w gynnal. Nawr ei bod hi'n ei wynebu, ni wyddai'n iawn beth i'w ddweud. Roedd y galar yn ei wyneb yn dorcalonnus.

'Hywel, mae mor ddrwg gen i.' Gwasgodd ei law yn gynnes a gwenodd ar Lois yn gydymdeimladol. 'Diolch,' ceisiodd Hywel wenu arni ond methodd a dychwelodd y dagrau drachefn a daeth rhyw hen fenyw tuag ato a'i rwydo mewn sgwrs.

'Alla i ddod i eistedd 'da chi yn y capel?' sibrydodd Cerys yng nghlust Lois.

'Sai'n siŵr fydd yna le,' sibrydodd Lois yn ôl. 'Ma' Hywel, fi, ei fam a theulu Meleri yn y seddau blaen.'

Ffyc's sêcs! 'O, iawn, dim problem,' dywedodd Cerys gan symud o'r neilltu yn cario'r blwmin lilis yma roedd ei mam wedi eu rhoi iddi i'w cludo i'r angladd.

Sylwodd ar y llygaid yn sbio ar Hywel a Lois – pobl fusneslyd eisiau gwylio'r sioe! Ych-a -fi! Roedd hi'n casáu pobl blwyfol fel hyn. Diolchai ei bod hi wedi dianc o'r twll yma.

'Cerys! Cw-iii!' O na, dim blydi Rhian eto. Ffugiodd nad oedd wedi ei chlywed a chuddiodd hi rownd y gornel allan o'i chyrraedd. A dweud y gwir, doedd hi ddim eisie mynd mewn i'r capel nawr. Roedd gweld galar Hywel wedi ei bwrw a doedd hi ddim eisiau meddwl am farwolaeth heddiw. Penderfynodd swatio yno am ryw ddeng munud ac wedyn ei heglu hi 'nôl i Lundain. Roedd hi wedi dangos ei hwyneb i Hywel a Lois. Fydden nhw ddim yn sylwi oedd hi yna neu beidio ac roedd hi wedi gwneud ei dyletswydd. Cymerodd sigarét arall i ladd amser, roedd hi methu aros i fynd adre.

+

Taflodd Cerys ei bag ar y soffa. Roedd hi'n flinedig iawn wedi straen ei thaith flin. Roedd hi 'bach yn siomedig nad oedd Hywel wedi gofyn iddi ddod i eistedd wrth ei ochr e a Lois yn y capel. Jiawch, roedd hi'n un o'i ffrindiau hynaf. Ocê, doedd hi heb gadw mewn cysylltiad rhyw lawer dros y blynyddoedd diwetha, ond roedd hi'n ei adnabod e dipyn gwell na rhai o'r twpsod oedd wedi dod i'r angladd i fusnesu ac i glecian. Roedd hi'n falch cael bod adre. Roedd dychwelyd i Gwm Gwendraeth wedi ei hatgoffa gymaint oedd hi wedi newid ers gadael am byth i fynd i'r coleg chwe blynedd ynghynt. Roedd ei dillad yn yr angladd yn dangos hynny. Doedd neb o'r *proles* fan 'na wedi clywed am Dior a Chanel, heb sôn am eu prynu.

Syllodd ar ei horiawr Gucci newydd, anrheg gan Rhys, wrth gwrs. Roedd y berthynas wedi dwysáu yn ddiweddar ac fel roedd Cerys wedi disgwyl, nawr roedd hi'n byw a bod yn ei fflat ysblennydd. Roedd hi'n dal i dalu rhent ar ei fflat arall. Fodd bynnag, pan oedd gennych *gym* personol, yr holl *mod cons* roedd eu hangen ac ardal dipyn mwy apelgar, nid oedd yn gwneud synnwyr iddi aros yn ei hen fflat ddi-nod. Yr eithriad oedd pan fyddai hi'n gweithio'n hwyr ar y penwythnosau ac roedd Rhys adre gyda'r misus. Fel arfer, byddai Rhys yn anfon *limo* i'w chasglu o'r clwb pan oedd e ar gael a byddai Meic ei gyfaill yn eu tywys yn syth ato. Teimlai 'chydig fel *geisha*, ac roedd e'n deimlad ffantastig. Roedd Coco yn ymwybodol o'r garwriaeth wrth reswm ac roedd rhai o'r merched eraill yn y gwaith wedi ei dal yn cael ei chasglu yn y *limo*, a Rhys yn agor y drws iddi un noson. Ond teimlai'n ddigon hyderus y byddent yn cadw ei chyfrinach er eu heiddigedd. Pe âi'r si ar led nad oedd merched Minx yn gallu cadw cyfrinach, byddai'r *clientele* enwog roeddent yn ei ddenu'n rheolaidd yn sicr o fynd i rywle arall mwy *discreet*.

'Cerys! Ti adre?' Roedd hi'n falch o weld bod Rhys yno'n barod. Gwych, falle gallai ei berswadio heno i fynd â hi mas– i Minx fwy na thebyg – lle na fyddai'r *paparazzi* yn cuddio. Roedd hi eisiau 'bach o sbri ar ei noson i ffwrdd o'r gwaith. 'Ydw, roedd hi'n eitha *intense*,' meddai Cerys, gan ffugio galar. Oedd, roedd yn ddrwg ganddi glywed am farwolaeth Meleri, ond doedd hi heb ei gweld ers oes pys, a doedd dim pwynt crio a hithau wedi hen fynd. Teimlai drueni mawr dros Hywel wrth gwrs, ond roedd e'n ddigon ifanc i ddechrau ei fywyd o'r newydd ar ôl iddo ddod dros y galar. A digon posib falle fyddai e a Lois gyda'i gilydd yn y pen draw. Roedd Cerys wastad wedi meddwl y gallai'r ddau fod yn gariadon oes.

'O, druan fach,' mwythodd Rhys ei braich yn gariadus. 'Trueni nad oeddwn i'n medru bod gyda ti i fod yn gefn i ti.' Chwarddodd Cerys, 'Blydi hel, byddai'r *blue rinse brigade* yn Rhydaman wedi cael ffit biws o dy weld di yna gyda fi! Bydden i fel Jezebel go iawn!' Chwarddodd

Rhys a'i chusanu'n nwydus. Dechreuodd dynnu ei niceri a sibrydodd yn ei chlust, 'Dwi'n gwybod fod hyn bach yn perfi, ond mae'r dillad angladd na'n troi fi 'mlaen am ryw reswm.'

'Ma' popeth yn troi ti 'mlaen!' meddai Cerys gan ddatod ei wregys yn gelfydd a dechreuodd fwynhau'r caru. Roedd bywyd yn grêt iddi hi ar hyn o bryd.

✦

(Y noson honno)

'Allwn ni fynd mas i Minx heno, Rhys? Dwi ffansi noson wyllt allan ar ôl trasiedi'r angladd. A dylen ni fod yn saff rhag y *paps* fan 'na. Ma'r bownsers wastad yn cwrso nhw i ffwrdd os wnâi decsto Coco a dweud bo VIP yn dod draw.'

Dechreuodd Rhys wisgo amdano. 'Ocê, wna i ofyn i Meic roi lifft i ni.' Cydiodd yn ei ffôn.

Cydiodd Cerys yn ei ffôn hithau a dechrau tecsto Coco. Yna dechreuodd feddwl, a fyddai'n drasiedi petai'r *paps* yn tynnu llun ohoni hi a Rhys? Falle bod yr amser wedi dod iddi wneud *kiss and tell* wedi'r cwbl? Roedd hi'n lico'r boi ond a dweud y gwir, doedd dim lot o siâp arno'n prynu fflat na char iddi. Falle byddai'r tabloids yn talu digon iddi fforddio'r ddau? Caeodd ei ffôn a dweud yn siriol, 'Ma' Coco *on the case!*' Oedd, roedd Coco *on the case.* Roedd gan Coco gysylltiadau da 'da'r wasg ac un alwad fach i un o'r *paps* oedd ei heisiau, a bydden nhw yno'n aros. Wrth gwrs byddai Sammy, perchennog Minx, yn grac bod y *paps* wedi llwyddo i gael llun ond byddai'r cyhoeddusrwydd yn helpu'r clwb yn y pen draw. Ac os deuai'r stori allan, gallai wastad ddweud wrth Rhys taw'r bitshys cenfigennus yn Minx oedd wedi gadael y gath allan o'r cwd ac nid hi. Byddai'n awgrymu ei bod hi wedi gwneud cyfweliad 'da nhw er mwyn 'dweud y gwir' am y berthynas, sef ei bod hi'n ei garu a'i fod e'n ei charu hi ond ei fod e'n ofni rhoi loes i'w wraig a'i blentyn – bla bla bla!

'Gad i fi ffeindio rywbeth secsi i wisgo,' dywedodd Cerys gan sgipian at ei chwpwrdd dillad. Gwisgai ei ffrog orau heno, yr un goch Vivienne Westwood. Byddai honna'n edrych yn dda iawn ar dudalen flaen y *Mirror* fory.

✦

(Y bore wedyn)

'Cerys! Cerys! Deffra, ychan!' clywodd lais Rhys yn gweiddi yn ei chlust.

Rholiodd drosodd ac edrych arno mewn penbleth. 'Be sy'n bod?'

'Ma' rhyw fastad wedi gwerthu'r stori amdano ni i'r wasg, 'co, ma' llun ohonon ni yn y ffycin *Mirror* a'r *Sun*.' Lluchiodd Rhys y papurau ati'n ddiflas.

Eisteddodd Cerys i fyny yn y gwely a ffugio sioc a gwewyr. 'O, ffyc! Pwy fydde wedi gwneud hyn?'

Sbiodd ar y llun i weld sut olwg oedd arni. Gobeithio nad oedd dwy ên ganddi, neu *cellulite* anffodus ar ei choesau. Na, roedd hi'n edrych yn secsi iawn, chware teg. Y ffrog goch wedi gwneud ei gwaith. Roedd y llun yn un awgrymog iawn. Dangosai hi a Rhys yn dod allan o'r *limo* neithiwr a llaw Rhys ar ei thin. Roedd e'n gwenu arni hi yn anllad ac roedd hithau'n edrych yn chwantus yn ôl ato fe. Llun oedd yn eitha amlwg o ran dangos bod y ddau ynddo fe'n mwynhau perthynas gorfforol go danbaid. Roedd y pennawd yn chwerthinllyd o amlwg, 'Welsh Wizard SCORES with Minx beauty!'

Darllenodd y stori'n awchus, gan geisio cuddio ei diléit wrth Rhys; wedi'r cwbl, dyma ddechrau ei henwogrwydd. 'Arsenal soccer whizz-kid, Rhys Jones, 23, seen last night, entering the Minx nightclub in West London with an unidentified busty blonde beauty. We wonder what Mrs Rhys Jones, who currently lives in the family mansion in Essex with their fourteen month old daughter Carys will make of this "friendly" display? We're sure she'll want to get to the BOTTOM of this story ...'

Y tu ôl i Rhys a Cerys yn y llun, roedd modd gweld Meic yn eu dilyn. Daeth syniad direidus i ben Cerys. 'Ti ddim yn meddwl taw Meic yw e, wyt ti? Dwi ddim yn meddwl byddai neb o Minx wedi gwneud hyn achos bydde gormod 'da nhw i golli Ma'n nhw'n dibynnu ar selébs a VIPs i deimlo'n ddigon diogel i ddod i'r clwb. Bydden nhw'n colli eu bywoliaeth a bydde Sami'n siŵr o sacio unrhyw un fydde'n gadael i'r *paps* dynnu llun. A dyw Meic erioed wedi lico fi, ac o'dd e'n yr ysgol 'da dy wraig di hefyd, on'd oedd e? Falle bod e ishe dysgu gwers i ti ...'

Ysgydwodd Rhys ei ben yn araf wrth iddo ddechrau smygu sigarét. 'Na, ma' Meic fel y banc. Beth am Coco? Roedd hi'n gwybod bod ni am ddod draw neithiwr? a falle bod hi moyn cildwrn.'

'Ma' Coco yn gyd-reolwr yn Minx, y peth diwetha fydde hi ishe yw colli busnes,' meddai Cerys yn slic. HA! Roedd hi wedi addo chwarter o'r *cut* i Coco pan fyddai'n gwerthu'r *kiss and tell* i Coco a byddai hynny'n cyfrannu at gost meithrinfa breifat i'w phlentyn; dyna oedd unig flaenoriaeth Coco.

'Mae gen i deimlad gwael am Meic, alla i ddim rhoi fy mys arno fe …' Ie, Meic y twat, byddai hyn yn ei dalu fe 'nôl am edrych lawr ei drwyn arni hi cyhyd a gwneud iddi deimlo fel hwren ddwy a dime.

'Wel, fe gewn ni weld nawr,' dywedodd Rhys yn llym gan gydio yn ei ffôn a galw ei ffrind. 'Meic? Ti 'di gweld y papur? Ie, dere draw nawr.'

'Be wyt ti am weud wrth dy wraig?' dywedodd Cerys yn ffugio consyrn.

'Wel, mae hi'n gwybod bod y *paps* yn dwats ac yn gweud celwydd. Gallai ddweud bod ti yno 'da Meic, a ddim 'da fi a bo' ti wedi baglu yn dod mas o'r car a 'mod i'n trio dy helpu di.'

'Ond lle byddi di'n dweud o't ti'n mynd?'

'Jyst am ddrinc 'da Meic a ti; mae hi'n deall bod yn rhaid i fi gadw 'y mhroffil i fyny …'

'Ti'n lwcus ei bod hi'n dy drysto di gymaint,' dywedodd Cerys yn ysgafn. Ha! Ar ôl iddi hi wneud y *kiss and tell* fyddai neb yn ei drysto fe eto.

'Ma'n ddrwg 'da fi Cerys, yn dy lusgo di mewn i hyn i gyd. Fe gaf i'n gyfreithiwr i sortio nhw mas. Wna i anfon datganiad ar ôl i fi gael gair 'da Meic.'

Ar y gair, roedd rhywun yn cnocio ar y drws. 'Rhys! Meic sy 'ma, gad fi mewn.'

Agorodd Rhys y drws gan daflu'r papurau at Meic.

'Ti 'di gweld rhain?' Syllodd Meic ar y papurau yn ddiddeall nes iddo ddal golwg ar y llun ar y dudalen flaen. 'Shit!'

'Ie, shit!' dywedodd Rhys. 'Ti'n gwybod shwd oedd y paps yn gwybod lle o'n i'n mynd neithiwr?'

'Nadw i,' dywedodd Meic yn swta gan rythu ar Cerys. 'Falle bod Cerys yn gwybod?'

'Be ti'n feddwl Meic?' dywedodd Cerys. 'Dwi wedi cadw'r gyfrinach cyhyd – pam fydden i'n rhoi mherthynas i 'da Rhys yn y fantol fel hyn? Dwi'n ei garu'.

'Ti'n caru neb ond dy hunan,' dywedodd Meic. 'Ac mae e'n rhy naïf i weld hynny. Mêt, dwi'n sori bod hwn wedi cyrraedd y papurau, ond falle bod e'n fendith i ti ddeall bod ti'n gwneud camgymeriad yn cymysgu 'da hon. Ti ishe colli dy wraig a dy blentyn dros hwren o'r clwb 'na?'

'Ca' dy ffycin geg!' gwaeddodd Rhys gan anelu dwrn at wyneb ei ffrind.

Ffugiodd Cerys ofn wrth iddi sgrechian yn felodramatig, 'Rhys, na!'

Roedd Meic yn gryf fel tarw a wnaeth yr ergyd ddim iddo ond tynnu ychydig o waed. 'Sorta dy shit dy hunan mas o hyn mas, Rhys,' dywedodd Meic, gan daflu allwedd y car ato. 'Os oes well 'da ti ddewis gair slwten ti 'di nabod ers pum munud a dim gair dy ffrind penna ers ugain mlynedd, wel, rhyngddot ti a dy gawl.'

'Jyst gwed mai dim ti wnaeth ddweud wrth y *paps*,' plediodd Rhys y tro yma, yn amlwg yn cael trafferth dewis rhwng Cerys a Meic.

'Meic, dwi ddim ishe dod rhyngoch chi'ch dau,' dywedodd Cerys yn wylaidd. Ha, twat, dyna'n union beth roedd hi wedi ei wneud ac roedd e'n haeddu'r ergyd 'na ar ei tshops nawddoglyd.

'Ca' dy ben,' dywedodd Meic wrthi'n siort. 'Fedri di dwyllo Rhys, mae e'n gweld y gore ym mhawb, ond fedri di ddim twyllo fi. Rhys, pan wyt ti'n dechre gweld sens, ffonia fi.'

'Dwi am ddweud wrth Mandy mai ti sy'n mynd mas 'da Cerys, nid fi ...'

'Be? Ti dal ishe i fi wneud ffafr â ti ar ôl 'y nghyhuddo i o dy werthu di i'r *paps*?'

Eisteddodd Rhys ar y gwely ac ebychu'n drwm. 'Sai'n gwybod beth dwi'n neud Meic. Ma'n ddrwg 'da fi. Fi'n gwybod byddet ti byth yn gwneud hynny. Panig yw e 'na gyd.'

Syllodd Meic arno am sbel. 'Ocê, fe wna i gadw dy ochr di o'r stori gyda Mandy, ond ar un amod. Bo ti'n gorffen da Cerys. Ma' gormod 'da ti i golli Rhys, fedri di ddim fforddio sgandal fel hyn.'

Trodd Cerys at Rhys a dywedodd yn dawel, 'Ma' Meic yn iawn, falle dylen ni gael brêc nes bod y papure wedi anghofio am y stori.'

Syllodd Meic arni mewn penbleth. Ha! Doedd y twlsyn heb ddisgwyl hynna. Roedd hyn yn siwtio hi'n iawn; nawr, gallai fynd yn syth at y *paps* a dweud y cwbl. Roedd ganddi'r fideo o'i sesiwn rhyw gynta 'da Rhys yn y clwb. Gallai werthu hwnna ar-lein a chael ffortiwn. Roedd *sex tapes* wastad yn gwerthu; cofiai'r halibalŵ yn ddiweddar am dâp o Pamela Anderson a'i gŵr llawn tatŵs, Tommy Lee, wrthi. A doedd Pammy ddim yn adnabod hanner gymaint o driciau â Cerys a doedd ei chorff hi ddim patshyn ar ei un hi chwaith. Roedd lluniau gyda Cerys o Rhys yn cysgu yn y gwely gyda hi, ar ôl noson drom o gocên ac yfed; fyddai e heb sylwi pe byddai eliffant yn rhannu gwely gyda nhw. Hefyd, wrth gwrs, roedd ganddi'r gyfres o decsts yr oedd hi wedi addo wrtho ei bod wedi eu dileu'n syth, lle'r oedd e wedi anfon llwyth o negeseuon brwnt ati. Hon fyddai stori'r flwyddyn!

✦

Lois (Wythnos yn ddiweddarach)

'Rwy'n falch bo' ti 'nôl Lois,' dywedodd Catrin wrth i Lois baratoi swper iddynt yn y fflat. 'O'n i'n meddwl falle byddet ti eisie aros gartre am sbel.'

'Wel, fe wnes i gynnig aros 'chydig mwy 'da Hywel ond roedd e'n benderfynol y dylwn i ddod 'nôl fan hyn a pheidio colli'r cyfle gyda'r swydd.'

'Mae e'n swnio fel boi arbennig iawn.'

'Odi mae e. Ry'n ni wedi bod yn ffrindie ers dyddie

ysgol. Dwi ffaelu credu bod e 'di cael cymaint o drasiedi yn ei fywyd.'

'Fel 'na ma' bywyd,' meddai Catrin yn athronyddol. 'Ma' pethe cachu yn digwydd trwy'r amser.'

Gosododd Lois bob o *pizza* o'u blaenau. 'Wyt ti'n ffansi dod mas? heno?' holodd Catrin yn ofalus. 'Er bydda i'n deall os wyt ti ishe aros gartre am 'chydig.'

Doedd Lois heb fynd allan yn y nos ers dychwelyd i Fenis - cysondeb ddeuddydd ynghynt.

'Wel, dwi'n gwybod bydde Meleri ddim ishe i fi aros gartre a 'mhen yn fy mhlu.'

''Sdim ishe i ni gael noson wyllt. Cwpwl o Spritzes bach, fe wna i ddangos y bariau gorau i ti.'

'Byddai hynny'n grêt, diolch.'

'Ie, ewn draw i far Vittorio, y landlord fan hyn. Mae'n werth i ti ei weld e!'

'O ie ...?'

'Ie glei, mae e'n eitha pishyn. *Typical Italian stallion*! Tywyll, tal, 'bach yn *sleazy* falle ond yn llawn carisma. Ac mae e'n sengl.'

'Faint yw ei oed e?'

'Rhyw dri deg pump neu rywbeth.'

''Bach yn hen.'

''Bach yn hen? Dyna pryd ma' dynion ar eu gore, fenyw! Edrych ar Clooney, Depp, Pitt ... Ma' dynion ifanc mor *passé* erbyn hyn. Ma' dynion hŷn yn fwy ariannog, yn fwy profiadol ac yn gwybod fel i drin menyw yn iawn.'

Doedd Lois ddim yn siŵr. Roedd hi'n dal i gofio'r profiad gyda Guto oedd yn 'ddyn hŷn' ac roedd y Vittorio yma'n swnio'n llond llaw i unrhyw un. Doedd hi ddim yn arfer lico'r teip ariannog, hyderus. Roedd yn well ganddi ddynion ifanc, artistig tlawd, dynion fel Daniel … Ta beth, doedd dim diddordeb ganddi mewn chwilio am berthynas newydd nawr, yn enwedig gyda'i landlord! Roedd hi wedi dysgu ei gwers erbyn hyn am ddechrau perthynas â dynion anaddas.

'Reit, cer di i jimoni ac fe wna i olchi'r llestri. A diolch am y *pizza* – hyfryd,' dywedodd Catrin wrth iddi gasglu'r platiau gwag o'r bwrdd.

'Diolch i'r Billa ti'n feddwl,' chwarddodd Lois. Y 'Billa' oedd yr archfarchnad leol ac roedd yn dal yn nofelti i Lois siopa yno, yn ceisio darllen y labeli Eidalaidd egsotig yr olwg iddi.

'Siapa hi nawr 'te,' dywedodd Catrin yn famol. 'Gwisg y ffrog fach ddu felfed 'na sy 'da ti – mae'n bert iawn.'

''Bach dros ben llestri am noson dawel, ti ddim yn meddwl?' holodd Lois.

'Pwy ddywedodd bydd hi'n noson dawel?' gwenodd Catrin yn gellweirus.

Aeth Lois i'w hystafell wely i newid yn ufudd. Diolchodd i'r nefoedd fod Catrin yn ei bywyd hi nawr. Byddai Fenis ar ei phen ei hun wedi bod yn uffernol, yn enwedig ar ôl yr hyn ddigwyddodd i Meleri a Hywel. Roedd personoliaeth heulog Catrin yn donig iddi. A dweud y gwir, roedd hi'n edrych 'mlaen at gael cwpl o ddrincs ac anghofio am dreialon yr wythnosau diwetha. Roedd yn bryd iddi ddod i adnabod Fenis yn well.

✦

'A dyma far Vittorio!' dywedodd Catrin wrth iddyn nhw gamu i mewn yn eitha meddw i far smart gerllaw'r Accademia. Roedden nhw wedi gwneud y 'rownds' o gwmpas hoff fariau Catrin, oedd yn cynnwys bariau myfyrwyr llawn personoliaeth a chymharol rad, a'r Harry's Bar byd enwog. Dyma lle roedd enwogion fel Orson Welles a Truman Capote wedi drachtio eu Spritz yn y pumdegau, yn ôl Catrin, ac roedd y bar wedi swyno Lois. Y pren sgleiniog llawn hanes, y byrddau bach sidêt, a'r bar ei hun a'i wydrau unigryw tenau, er mwyn sicrhau nad oedd blas y ddiod yn cael ei golli, dywedodd Catrin yn wybodus. Ond yn anffodus, roedd prisiau Harry's Bar yn uchel y diawl a dim ond bob i ddiod gawson nhw yno.

Nawr roedden nhw ym mar Vittorio. Roedd yn amlwg bod y Vittorio 'ma yn meddwl tipyn o'i hunan, meddyliodd Lois wrth ystyried ei fod wedi enwi'r bar ar ôl ei hun. Beth bynnag, doedd hi ddim eisiau meddwl amdano fe. Roedd hi eisiau diod arall er mwyn meddwi'n gaib; roedd angen y rhyddhad arni. 'Hei be ti ishe Lois? Spritz arall?' holodd Catrin gan roi ei braich am ei ffrind.

'Ie, pam lai,' dywedodd Lois wrth iddi geisio tanio ffag yn aflwyddiannus.

'Ti bach yn *pissed*, Lois,' chwarddodd Catrin.

'Nadw i, dwi'n rili *pissed*!' chwarddodd Lois yn llawen.

'Wel, gewn ni un bach 'to fan hyn ac wedyn ewn ni adre. Af i i'r tŷ bach ac wedyn wna i nôl diod fach i ni.'

Nodiodd Lois a throi ei sylw drachefn at gynnau ei sigarét. Blydi hel, roedd hi'n eitha meddw nawr! *Buona sera,*' dywedodd rhyw foi yn llyfn wrth iddo gynnau sigarét Lois iddi'n slic. Edrychodd Lois i fyny a gweld y dyn mwya golygus erioed yn sefyll o'i blaen. O mowredd! Roedd e'n edrych fel Johnny Depp! Fel *leading man* allan o'r ffilmiau! Tal – o leia 6' 3" – tywyll, a wyneb a gerfiwyd gan Michelangelo ei hun (roedd hi wedi bod yn swoto ar gelf Eidalaidd yn ddiweddar wrth iddi geisio ei throchi ei hun ym mhopeth i'w wneud â'r Eidal). Gwisgai'r pishyn grys du costus yr olwg, byddai Cerys yn adnabod y brand, a jîns Diesel. Trueni ei bod hi wedi gwneud *tit* o'i hunan yn methu cynnau ei sigarét o'i flaen e.

'*Grazie* yym … *Buona sera*,' dywedodd Lois yn swil. Ceisiodd esbonio wrtho nad oedd ei Heidaleg yn wych ond yn ei meddwdod a'i lletchwithdod yn wynebu'r fath bishyn, roedd hi'n anodd ffeindio'r geiriau. Rhoddodd gynnig arni, roedd yn bwysig ei bod hi'n ymarfer ei Eidaleg.

'Yym … *Non parlo molto Italiano, mis dispiace* …'

'Mae gennych acen fach hyfryd,' gwenodd y dyn wrth iddo droi yn esmwyth i'r Saesneg.

'Oi! Vittorio! Dwi'n gweld dy fod wedi cwrdd â fy fflat-mêt newydd i. Lois, dyma Vittorio. Vittorio, dyma Lois.'

O mowredd! Dyma Vittorio, eu landlord nhw! Eitha pishyn wir. Roedd Catrin wedi bod yn annheg ag ef. Roedd y boi yn anhygoel o olygus!

'Wel, neis iawn i gwrdd â chi Lois, gobeithio fod y fflat yn plesio.'

'Ydy, mae'n neis iawn diolch.'

'Reit, be gewch chi ferched? Fi sy'n talu i groesawu Lois i Fenis.'

'W, wel, cewn ni bob i lasied o prosecco os ydi hynny'n iawn Vittorio?' Winciodd Catrin ar Lois.

'Wrth gwrs,' dywedodd Vittorio'n serchus gan wenu ar Lois. Cododd ei ael ar un o'r merched gweini gerllaw a dywedodd, *'Due bicchiere di Prosecco.'*

'Ewn ni i eistedd ife?' dywedodd Catrin, gan grechwenu ar Lois oedd yn sefyll fel petai wedi ei swyno gan Vittorio. Dilynodd Lois Catrin wedi iddi roi pwnad iddi yn ei hasennau.

'Dal dy afael nawr Lois fach, mae e'n bishyn ond mae e'n *high-maintenance* betia i ti. A fe yw'n landlord ni!' sibrydodd Catrin yn ei chlust.

'Wedest ti bo' dynion hŷn yn well!' dywedodd Lois yn ffugio diniweidrwydd.

'Mewn theori, o'n i ddim yn awgrymu bod ti'n mynd ar ôl ein landlord ni!'

'Ie, ie, dwi jyst yn edrych, Catrin! Mae e mas o'n *league* i eniwei. Siŵr bod gan foi fel fe lwyth o gariadon glam – modelau ac yn y blaen.'

'Wel, dwi ddim yn trafod ei fywyd personol 'da fe,' chwarddodd Catrin. 'Mae e'n amlwg yn lico ti. Dwi heb gael drinc am ddim 'da fe o'r blaen.'

Daeth Vittorio draw atyn nhw yn cario tri gwydred o prosecco. Roedd yn amlwg ei fod e eisiau ymuno â nhw meddyliodd Lois yn falch. Doedd hi heb ffansïo dyn fel hyn ers tipyn, wel, ddim ers Guto. Ond roedd yn rhaid iddi fod yn cŵl rhag ofn ei bod hi wedi camddeall ei fwriad a'i fod e jyst eisiau bod yn neis, fel landlord, a dim byd mwy.

'Felly, Lois, wyt ti hefyd yn mynd i fod yn athrawes yma?' holodd Vittorio wrth iddo osod eu diodydd o'u blaenau. 'Diolch am y ddiod,' dywedodd Lois yn gwrtais cyn drachtio'r prosecco. Yffach, o'dd cic fel mul 'da fe! 'Ydw, dwi wedi cael gwaith yn yr Instituto Venezia. Dwi'n rili edrych 'mlaen.'

'Dwi'n siŵr wnei di jobyn gwych,' gwenodd Vittorio. Sylwodd Lois ar ei ddannedd, roedden nhw'n wyn fel y carlwm yn erbyn ei groen brown, perffaith. Oedd, roedd e fel seren ffilm – Cary Grant neu rywun fel 'ny. Yn dipyn mwy atyniadol na'r bois plorog, gwyn fel y galchen gatre. Cododd Vittorio ei wydr gan ddweud yn *suave*, 'i Lois ac i antur newydd yn Fenis.'

'I Lois!' dywedodd Catrin ac yfodd y tri eu prosecco.

'Felly, Lois, rwy'n siŵr fod cariad gyda ti yng Nghymru sy'n dy golli di'n barod, merch brydferth fel ti …' dywedodd Vittorio gan syllu i'w llygaid. O'r mowredd, roedd e'n fflyrtio gyda hi! Cyn iddi gael cyfle i ateb dywedodd Catrin yn ffwrdd â hi, 'Na sdim cariad gyda hi, mae fel fi, yn sengl ac yn rhydd!'

'Newyddion da i fechgyn Fenis 'te,' dywedodd Vittorio, gan gynnau sigarét a chynnig ei becyn i'r merched. 'Beth amdanat ti 'te Vittorio?' holodd Lois yn fwy eofn y tro hwn, diolch i nerth y prosecco. 'Dwi'n siŵr fod gen ti gariad sy'n fodel neu rywbeth …'

'Na, dwi wedi mynd allan gydag ambell i fodel yn y gorffennol … Ond mae'n well gen i fenyw go iawn sy ddim yn obsesiynu am ei hymddangosiad. Rhywun mwy academaidd ...'

Sylwodd Lois fod Vittorio yn llygadu ei bronnau yn ei ffrog felfed. Diolch i Dduw ei bod wedi gwisgo hon heno?. Roedd yn soffistigedig ac yn berffaith ar gyfer denu llygad dyn fel Vittorio. Roedd yn amhosib anwybyddu'r atyniad rhwng y ddau ohonyn nhw. Tybed a oedd Catrin wedi sylwi? Yna daeth gweinyddes o'r bar at Vittorio a sibrwd yn ei glust. 'O, sori ferched, mae fy angen i y tu ôl i'r bar, wna i ddod 'nôl mewn ychydig.' A moesymgrymodd i'r ddwy cyn dilyn y weinyddes at y bar. Gwyliodd Lois ef yn mynd, wedi siomi. Sylwodd ar ei gefn llydan, ei ben-ôl crwn yn y jîns drud. Pwy oedd hi'n meddwl oedd hi? Cerys? Roedd e jyst eisiau fflyrtiad bach gyda'r groten fach naïf o Gymru, dyna i gyd.

'Oi, ti, stopia lygadu Vittorio wnei di?' dywedodd Catrin gan sglaffio'r olifau ar y bwrdd.

'Mae e'n bishyn a hanner,' mwmialodd Lois gan ddrachtio gweddill ei prosecco.

'Wel, roedd e'n amlwg yn fflyrtio 'da ti,' dywedodd Catrin. 'Dyw e erioed wedi fflyrtio 'da fi o'r blaen,' dywedodd hi'n siomedig.

'Siŵr bod e'n fflyrtio 'da lot o ferched, boi golygus fel 'na, sy'n rhedeg bar.'

'Ydy, mae'n bownd o fod yn *player*,' cytunodd Catrin. 'Eniwei, ewn ni o 'ma ife, ar ôl gorffen hon?'

'Ie, ocê,' dywedodd Lois, er ei bod hi'n ysu i weld Vittorio unwaith eto. Cododd y ddwy a gwisgo'u cotiau amdanynt. Ond wrth iddyn nhw wneud, dychwelodd Vittorio at eu bwrdd yn dal potel o prosecco y tro hwn.

'Gwrandwch ferched, pam 'sen ni'n cael potel fach i ddod i adnabod ein gilydd yn well?' holodd Vittorio. 'Heblaw bod 'da chi'ch dwy gynllunie eraill heno?'

Wrth weld y botel, pefriodd lygaid Catrin yn awchus a thynnodd ei chot i ffwrdd ac eistedd yn ôl yn ei sedd yn ddiseremoni. 'Na, dim cynllunie, Vittorio. Diolch i ti.'

Poenai Lois fod Catrin yn ymddangos yn haerllug o'i flaen e. 'Ie, faint sydd arnon ni i ti am y botel, Vittorio?' holodd Lois gan dwrio yn ei phwrs. Teimlai'n hapus iawn, yn fwy hapus nag yr oedd hi wedi teimlo ers tro. Roedd e'n amlwg yn mwynhau ei chwmni, gan ei fod wedi dod 'nôl at eu bwrdd a chynnig mwy o ddiod iddyn nhw! Falle mai hi oedd teip yr Adonis yma wedi'r cwbl.

'Na, na, *piacere* bach gen i yw hwn,' dywedodd Vittorio gan gyffwrdd yn llaw Lois i roi ei phwrs i gadw. Teimlodd Lois ryw gryndod yn mynd trwyddi wrth iddo ei chyffwrdd. Synhwyrodd ei fod yntau hefyd wedi teimlo'r atyniad rhyngddynt.

'*Piacere*?' holodd Lois yn ddiddeall gan geisio anwybyddu'r gwrid ar ei gruddiau.

'*Treat* bach!' dywedodd Catrin. 'Wna i fynd i'r tŷ bach ac wedyn, Vittorio, dwi am drafod paentio ystafell wely Lois 'da ti!' A ffwrdd â hi fel corwynt tuag at y tai bach.

'Paentio'r ystafell wely?' holodd Vittorio gan godi ei ael ar Lois yn chwilfrydig.

'Ie, wel, dywedodd Catrin bod dim ots 'da ti os fydden

i'n rhoi cot o baent iddi. Dim byd dros ben llestri, hufen neu felyn neu rywbeth fel hynny?'

'Ie, dim problem,' dywedodd Vittorio. 'Galla i anfon un o'r bois sy 'da fi draw i baentio i chi.'

'Dwi ddim ishe achosi trwbwl i ti …'

'Dim trwbwl o gwbl … Ac wedyn daf i draw i roi *inspection* bach i'r ystafell wely …' gwenodd Vittorio'n awgrymog.

Blydi hel! O'dd pethe'n mynd yn boeth mewn 'ma, meddyliodd Lois wrth iddi wrido'n swil. Oedd hi'n ddigon o fenyw i dynnu dyn soffistigedig, profiadol fel Vittorio?

Plygodd e mewn tuag ati a siarad yn ei chlust. 'Cyn bod Catrin yn dod 'nôl, dwi jyst ishe dweud dy fod di'n ferch brydferth iawn, Lois. Byddwn wrth fy modd petae ti'n gadael i fi fynd â ti ar daith fach nos fory trwy fy hoff lefydd yn Fenis … os wyt ti'n rhydd.'

O'dd e'n gofyn iddi fynd allan gydag e! Yffach gols! Roedd hi wedi tynnu pishyn mwya Fenis!

Edrychodd Lois i'w lygaid brown tywyll a gwenu'n swil arno. 'Byddai hynny'n neis iawn, diolch.'

'Wna i ddod i dy gasglu di o'r fflat, tua saith nos fory? Gawn ni swper bach hefyd …'

Gwenodd arni wrth lenwi ei gwydryn efo'r prosecco. Nodiodd Lois gan geisio peidio bod yn rhy awchus. Cofiai eiriau Cerys wrthi ar achlysuron fel hyn, *play it cool*. Trueni nad oedd Cerys yma i roi tips iddi. Ond roedd hi'n rhy brysur gartre yn delio â'r sgandal rhyngddi hi a'r peldroediwr yna.

'Felly, beth ydw i wedi ei golli?' dywedodd Catrin yn chwilfrydig wrth ddychwelyd i'r bwrdd.

'Vittorio? Wyt ti wedi bod yn fflyrtio gyda fy fflat-mêt i? Mae ei bochau hi'n goch fel tân!'

'Catrin, hisht!' dywedodd Lois gan gochi hyd yn oed yn fwy.

'Dwi'n meddwl bod dy fflat-mêt di'n *magica*,' chwarddodd Vittorio.

Gwenodd Lois ar Vittorio. Oedd, roedd y dyn yma wedi ei swyno'n llwyr. Roedd hi am anwybyddu'r llais bach yn ei phen oedd yn ei rhybuddio rhag syrthio am ddyn ar y noson gynta fel y gwnaeth hi gyda Daniel a Guto. Tri chynnig i Gymro o'n nhw'n ei ddweud, gobeithiai byddai'r un rheol yn berthnasol iddi hithau hefyd. Teimlodd law Vittorio yn bodio ei llaw hithau o dan y bwrdd a gwasgodd ei bysedd yn erbyn ei fysedd yntau. Roedd hi'n rhy hwyr, roedd hi wedi syrthio amdano'n barod. Ond, pwy allai beidio?

✦

Hywel (Yr un pryd)

Roedd Hywel yn eistedd yn yr ystafell fyw yn boddi ei ofidion mewn potelaid neu ddwy o win coch, fel yr arferai ei wneud ers colli ei wraig. Doedd e dal ddim wedi mynd 'nôl i'r gwaith ac am unwaith, roedd e wedi cael gwared â'i fam, oedd wedi bod yn aros y nos gyda fe ers y digwyddiad. Roedd hi wedi ceisio ei ddarbwyllo i aros gyda hi am ychydig ond roedd e eisiau bod gartre.

Roedd e eisiau arogli persawr Meleri ar y gobennydd, gweld ei phethau hi yn yr ystafell ymolchi, ei gwallt hi ar y brwsh bach ar y bwrdd gwisgo. Roedd e eisiau esgus ei bod hi'n dal yn byw yno gyda fe, ei bod hi wedi mynd i aros gyda'i rhieni, a byddai hi gartre'n fuan.

'Hywel? Be sy'n bod cariad? Rwyt ti'n yfed y gwin coch yna fel y diawl.' Stopiodd yn stond a gollwng ei win mewn syndod wrth glywed y llais cyfarwydd. Edrychodd i fyny a chael sioc ei fywyd. Ai Meleri oedd yn eistedd yno o'i flaen? Oedd e wedi colli ei bwyll?

Oedd, roedd Meleri yno, yn eistedd gyferbyn ag e, yn gwisgo'r ffrog goch yr oedd hi'n ei gwisgo ar eu noson allan yn y Plough, yn ei wylio'n gariadus. Beth ddiawl o'dd yn digwydd? 'Ond o'n i'n meddwl bod ti wedi … wedi mynd?' sibrydodd Hywel, rhag iddo dorri'r hud a lledrith rhyfeddol yma oedd wedi dod â'i wraig yn ôl o'r bedd.

'Paid bod yn ddwl,' gwenodd Meleri gan fwytho ei bola, oedd erbyn hyn yn dangos ymchwydd eitha sylweddol ei beichiogrwydd. 'Y'n ni'n iawn.'

'Ond wedon nhw bod ti wedi marw.' Cododd Hywel ar ei draed yn sigledig gan gerdded tuag ati.

'Paid gwrando arnyn nhw, dwi yma on'd ydw i? Bydda i wastad yma, byddwn ni wastad yma gyda ti.'

'Dwi'n dy garu di gymaint, Meleri.'

'Rwy'n gwybod, dwi'n dy garu di hefyd.'

Cofleidiodd Hywel hi. Roedd e mor hapus i'w gweld hi eto. Roedd hi'n fyw! Roedd popeth oedd wedi digwydd wedi bod yn uffern. Ond roedd e'n iawn wedi'r cwbl.

Camgymeriad oedd e, camgymeriad gan y twpsyn diawl doctor yna a'i fam. Ond lle oedd hi wedi bod? Doedd dim ots, roedd hi yn ei freichiau a dyna i gyd oedd yn bwysig. Teimlodd y dagrau'n rhedeg i lawr ei ruddiau. Ond yna clywodd sŵn cloch y drws ffrynt yn canu – *shit*! Pwy oedd hwnna nawr yn tarfu ar y foment berffaith yma?

'Anwybydda fe,' sibrydodd Meleri yn ei glust.

Ond nawr, gallai glywed llais ei fam yn gweiddi, 'Hywel, Hywel!'

Pam oedd hi yma nawr yn sbwylo popeth? Ac yna roedd e'n effro unwaith eto.

Sychodd y dagrau o'i ruddiau gan geisio anwybyddu'r gobennydd gwag wrth ei ochr. Roedd e'n cael y freuddwyd yna bron bob nos. Roedd yn ei gysuro ac yn ei gythruddo. Câi weld Meleri a theimlo hapusrwydd rhyfeddol ei bod hi a'r babis yn dal yn fyw ac yna byddai'n deffro fel hyn i wely gwag. Clywodd lais ei fam o'r gegin yn gweiddi drachefn.

'Hywel, ma' brecwast yn barod!' Ochneidiodd Hywel yn ddwfn a cherdded i lawr y grisiau.

✦

'Hywel, gallwn i a mam Meleri fod wedi gwneud hyn i ti,' meddai ei fam wrth i Hywel bacio dillad ei ddiweddar wraig yn y bagiau. Roedd yn rhaid iddo fwrw 'mlaen â hyn, doedd hi ddim yn iach byw mewn *mausoleum* meddai ei fam. Ond deuai'r weithred o bacio ag atgofion erchyll o pan fu'n rhaid iddo bacio dillad ei dad wedi ei farwolaeth yntau. Oedd, roedd bywyd yn ddibwys yn y bôn. Roeddech chi'n slafo'ch gyts yn y gwaith er mwyn prynu llwyth o bethau diangen ac wedyn pan oeddech chi wedi mynd oedd jobyn i bwy bynnag oedd ar ôl cael gwared ar y pethau yna. Ac wedyn byddai rhywun arall yn eu prynu nhw o ryw siop Oxfam ac yn eu defnyddio nhw nes bo nhw'n marw. Yna byddent yn y siop eto ac yn y blaen ac yn y blaen, yn un cylch dieflig, diddiwedd.

Mwythodd ffrog goch Meleri, y ffrog goch a ymddangosai yn ei freuddwydion bob nos, wrth iddo ei phlygu'n ofalus i'r bag. 'Dwyt ti ddim am gadw honna?' holodd ei fam yn ofalus. Roedd hi'n eistedd ar y gwely yn ei wylio, yn amlwg yn ysu i'w helpu ond yn ceisio ei gorau i beidio ymyrryd, oedd yn anodd iawn iddi.

'Dwi am roi pethe dwi ishe eu cadw yn y bag yma a chawn nhw fynd i'r atig am nawr,' dywedodd Hywel yn dawel. Trodd at ei fam a holodd, 'Mam, oeddech chi'n breuddwydio bod Dad yn ôl yn fyw ar ôl i chi ei golli e?'

'Bron bob nos, am fisoedd,' gwenodd ei fam yn dyner arno wrth iddi ddechrau plygu'r dillad o'u hamgylch.

'Shwd oeddech chi'n ymdopi 'da'r fath beth? Dwi'n cael yr un freuddwyd bob nos, ei bod hi yma a bod y beichiogrwydd yn iawn a bod ni'n hapus da'n gilydd. Mae'n fy nhormentio i'n rhacs Mam!' Torrodd ei lais wrth iddo ail-fyw'r freuddwyd.

'O Hywel, dere 'ma,' dywedodd ei fam gan roi cwtsh cynnes iddo. 'Wel, mewn ffordd ryfedd, o'dd e'n gysur i fi i weld dy dad yn fy mreuddwydion. Am rai munudau ro'n i'n hapus eto.'

'Ond pam fod e'n digwydd bron bob nos? Mae e fel petai rhywun yn fy arteithio i.'

'Ma' rhai pobol yn dweud mai ysbryd y person sy wedi mynd sy'n ceisio rhoi neges i'r person ma'n nhw wedi gadael ar ôl i ddweud bod nhw'n iawn ... bod nhw wedi mynd i rywle sy'n well.'

'Sai'n credu mewn pethe fel 'na rhagor, Mam,' dywedodd Hywel yn chwerw, wrth iddo adael ei breichiau a dychwelyd at y wardrob ac ail-ddechrau ar y broses o sortio.

''Sdim rhaid i ti fod yn Gristion i gredu mewn rhywbeth fel 'na,' dywedodd ei fam. 'Ma' sawl cred yn meddwl bod yr ysbryd yn goroesi.'

'Licen i gredu hynny Mam, ond dwi jyst ffaelu ar hyn o bryd.'

'Amser sy ishe arnat ti Hywel bach, amser i alaru ac i ddygymod â'r golled. Mae'n llwybr hir ac anodd ... ond gyda'n gilydd, fe ddewn ni drwyddi. Wyt ti'n meddwl y dylet ti aros yn y tŷ 'ma? Roedd yn rhaid i fi werthu'r hen dŷ, o'n i jyst ffaelu aros yna heb dy dad. Dwi'n meddwl bod ti'n tormentio dy hunan fel hyn ... Mae'n rhy gynnar nawr, ond falle mewn rhyw fis neu ddau, bo ti'n dechre meddwl am symud i rywle newydd, rhywle heb atgofion.'

'Ond bydde hynna'n meddwl bo fi'n troi cefn ar beth o'dd gyda ni. O'dd Meleri'n dwlu ar y tŷ 'ma ... 'dywedodd Hywel yn ansicr. 'Dyma'n *cartre* ni.'

'Fydde Meleri ddim ishe dy weld di'n diodde fel hyn, Hywel bach,' dywedodd ei fam wrtho. 'Ti'n cofio pan gollon ni Dad ac eisteddaist ti lawr 'da fi a dweud bod angen dechrau newydd arna i? Wel, dyna beth dwi'n dweud wrthot ti, neu fe gei di *breakdown* ti'n gwybod … A ti'n meddwl bydde Meleri ishe hynny i ti? Bydde hi'n dweud yn blwmp ac yn blaen wrthot ti am wneud y mwya o dy fywyd, a bydde hi'n disgwyl i ti wrando arni 'fyd.'

Chwarddodd y ddau wrth ddychmygu Meleri yn dweud y drefn. Edrychodd Hywel ar eu llun priodas, oedd wrth erchwyn y gwely. Roedden nhw mor ifanc bryd hynny. Roedd wyneb Meleri mor hapus a ffri. Syllodd ar y wynebau eraill yn y llun – roedd Daniel wedi mynd a nawr roedd Meleri wedi mynd. Pwy fydde nesa?

'O'n i mor hapus 'da'n gilydd, Mam …'

'Dwi'n gwybod, bach. Ond mae'n rhaid i ni gofio bod ni'n dau yn lwcus ein bod ni wedi eu cael nhw yn ein bywydau o gwbwl. Ma' rhai pobol yn byw trwy eu hoes heb brofi gwir gariad. Ma'n rhaid i ni fod yn ddiolchgar.'

'Ond pam mynd â nhw mor ifanc? O'n nhw heb wneud dim byd i neb.'

'Fel 'na ma'r hen fyd 'ma,' meddai ei fam gan gydio'n ei law. 'Does dim synnwyr yn y peth. Ma'n rhaid i ni drio bod yn gryf a gwneud y mwya o'n bywydau ni, achos dyna shwd gallwn ni dalu teyrnged iddyn nhw.'

'Ond mae mor galed gwneud hynny Mam.'

'Fe ddaw, gydag amser,' meddai ei fam. 'A chofia, 'sdim rhaid i ti bacio pethe Meleri eto, nes bo' ti'n barod.'

Trodd Hywel ac edrych arni, 'Os ydw i'n mynd i fyw trwy hyn, mae'n rhaid i fi wynebu'r ffaith bod Meleri ddim yn dod adre. Dwi heb fod yn y fynwent ers yr angladd achos dwi ddim ishe wynebu'r realiti, a gweld y bedd. Ond mae'n rhaid i fi ddweud ta-ta yn iawn ... pan fydda i'n barod.'

'Dwi'n browd iawn ohonot ti, bach, a bydde dy dad a Meleri yn browd ohonot ti 'fyd. Dwi mor lwcus i gael mab fel ti.' Anaml iawn y byddai ei fam yn ei ganmol fel hyn.

Gwenodd arni a thorrodd ei lais wrth iddo basio bag plastig ati, 'Wnewch chi helpu fi i bacio Mam?'

Cydiodd ei fam yn y bag a gwenu'n dyner arno. Cydiodd hi mewn par o *leggings* pinc llachar a smotiau duon mawr arnynt. 'O, Meleri fach!' chwarddodd ei fam yn hiraethus. 'Roedd ganddi dast unigryw mewn dillad!'

'Os oedd e'n llachar, yn lliwgar neu'n dynn, roedd hi wrth ei bodd!' cytunodd Hywel wrth iddo ddod o hyd i sgert oren gwta yn y drôr.

Cofiai pan wisgodd Meleri'r sgert ddiwetha – pan oedd y ddau ohonyn nhw ar wyliau haf yn St Ives y llynedd. Gallai arogli'r pastis 'na nawr hyd yn oed a chwarddodd wrth gofio'r braw gafodd Meleri wrth i un o'r gwylanod geisio dwyn a sgwlcan y pasti o'i dwylo. 'Dwi'n ei cholli hi Mam.'

'A finne, 'machgen i, a finne.' Ac eisteddodd y ddau mewn tawelwch llwyr am sawl munud wrth iddyn nhw gofio'r ferch unigryw, lawn bywyd.

✦

Cerys (Wythnos yn ddiweddarach)

'Online Exclusive! See Welsh Wizard, Rhys Jones, SCORE over and over again with sultry beauty!'

'Sex Tape Shame of Arsenal's Rhys Jones. Wife in tears. Exclusive only in the *Sun*.'

'Who is Cerys Evans, the Welsh stunner who stole Rhys Jones's heart? Only in the *News of the World*.'

Oedd, roedd Cerys yn enwog. Roedd y *kiss and tell* roedd hi wedi ei werthu i'r *News of the World* wedi gweithio y tu hwnt i'w breuddwydion. Cafodd dâl sylweddol o £50,000 am ei stori yn y tabloid poblogaidd, diolch i'r ffaith fod ganddi'r tecsts, y lluniau a'r fideo wrth gwrs. Roedd y fideo wedi ei werthu i'r un cwmni wnaeth roi fideo Pamela Anderson ar y rhyngrwyd. Roedd ei dêl hi'n sicrhau ei bod hi'n cael cyfran o'r elw bob tro byddai rhyw dwat yn ei bocsars yn gwasgu 'chwarae' a wancio i'r olygfa. Roedd yn rhaid iddi ddweud ei bod wedi mwynhau gwylio hi a Rhys yn mynd trwy'u pethau eto. Roedd ei chorff hi'n edrych yn *sick* meddai Coco wrth iddyn nhw wylio un noson dros botel o siampers yn fflat Coco. Roedd Cerys yn aros gyda hi ar hyn o bryd nes bod y *paparazzi* wedi cael digon o aros y tu allan i'w fflat hi a Rhys.

Roedd yr holl fusnes wedi ei wneud trwy Rufus Mainwaring, arbenigwr PR oedd yn giamster ar y math hwn o waith. Roedd Coco wedi ei argymell iddi. Roedd hi'n ei adnabod o'i ymweliadau niferus â Minx. Fe oedd wedi edrych ar ôl Isabella Lucas, y lodes 'na wnaeth gael *affair* gyda'r Aelod Seneddol hyll y diawl yna, Trevor Hunt, rai blynyddoedd yn ôl. Roedd Rufus wedi rhybuddio Cerys i wneud y mwya o'r stori tra'i bod yn 'dwym' a chyn bod sgandal mawr arall yn tynnu sylw'r wasg. O ganlyniad, roedd hi wedi gwneud *exclusive* yn y *News of the World*, ac yna wedi ymddangos ar raglenni teledu amrywiol fel *Don't Forget your Toothbrush*; o, roedd y Chris Evans 'na'n gês. Bu ar raglen *Trisha* ben bore hefyd, lle roedd hi'n trafod realiti bywyd fel *lap-dancer* ac yn cynnig cyngor i ferch ifanc oedd eisiau dilyn ei llwybr.

Roedd hi wedi rhoi'r gorau i'w gwaith yn Minx er bod Sammy wedi dweud bod croeso 'nôl iddi unrhyw bryd. Wrth gwrs byddai e'n dweud hynny, a hithe'n seléb nawr. Ond na, roedd y dyddiau yna tu ôl iddi. Roedd Rufus yn amcangyfrif y gallai ennill hyd at £200k allan o'r stori fach yma. Ac roedd hi'n barod i'w godro i'r *max*. Roedd hi eisoes wedi gwneud *shoot* gyda'r *Sun* a hi oedd y ferch Page 3 heddiw, gan wireddu dymuniad oes!

Edrychodd eto'n farus ar ei llun yn y papur. Roedd hi'n edrych yn hyfryd ac roedd y *spray tan* yna wedi gwneud ei waith. Roedd ei chorff yn lluniaidd ac yn siapus, ei bronnau yn pyrci ac yn sylweddol a'i hwyneb yn gyfuniad o ddiniweidrwydd a rhyw, wel, dyna beth oedd y disgrifiad ohoni yn y *Sun* yn ei ddweud ta beth. *CERYS! As you've never seen her before!* sgrechiai'r pennawd. Wel, roedden nhw wedi gweld tipyn ohoni o'r blaen ar y fideo rhyw. Ond doedden nhw heb ei gweld hi mewn niceri bicini o'r blaen, felly roedd y *Sun* yn llygad eu lle fan yna, gan fod ei niceri i ffwrdd yn y fideo wrth gwrs.

Roedd hi'n gorfod bod yn ofalus nawr yn mynd allan wrth reswm. Roedd hi'n gwisgo sbectol haul a wig fawr ddu i fynd i siopa'r dyddiau yma. Doedd hi ddim eisiau *hassle* gan y *proles* wrth brynu ei thampons. Roedd hi'n dechrau cael *fan mail* hefyd. Llwyth o lythyron budr yn cael eu danfon ati dan ofal y *News of the World* a'r *Sun*. Darllenodd ambell un gan biffian chwerthin gyda Coco: 'Dwi jyst ishe dod dros dy fronnau di – ti mor ffycin ffit' datganodd un Romeo huawdl ac anfon 'sampl' o'i gariad tuag ati. Ych-a-fi, y mochyn!

Roedd ambell un eisiau iddi ddod am ginio dydd Sul 'da nhw a'u mamau – rhyfedd! Ac wrth gwrs roedd yna rai gwallgo oedd yn bygwth ei threisio ond dywedodd Rufus bod pob menyw bert yn llygad y cyhoedd yn cael llythyron fel hynny. Pan fyddai digon o arian ganddi yn y banc, byddai'n cyflogi *bodyguar*d fel Whitney Houston yn y ffilm a byddai rhyw bishyn Kevin Costneraidd yno i 'gymryd bwled drosti' os byddai angen. Cymerodd sigarét wrth iddi ddechrau edrych trwy'r hysbysebion fflatiau ar werth yn y papur. Gallai adael y twll lle roedd hi nawr gyda lwc a phrynu fflat bach neis iddi hi ei hun yn Llundain, rhywle ddim yn rhy bell o fflat foethus Rhys gobeithiai.

Na, doedd hi heb glywed gan Rhys heblaw am decst mileinig yn ei galw'n 'ffycin bitsh' am werthu ei stori. Anfonodd un yn ôl ato yn dweud, 'diolch am yr atgofion' a sws fawr! Ha! Byddai hynny'n bownd o'i gythruddo. Dangosodd y tecst i Rufus. Dywedodd yntau y byddai'n werth rhyw £10k gan ei fod yn cadw'r stori i fynd ymhellach ac yn dangos teimladau Rhys a hefyd yn profi bod Cerys yn dweud y gwir.

Doedd Rhys heb ddweud rhyw lawer wrth y wasg, dim ond wedi rhyddhau datganiad cachu yn 'ymddiheuro am y loes i'w wraig, ei deulu a'r clwb, ei fod eisiau preifatrwydd iddo fe a'i deulu tra'i fod e'n ceisio gwneud pethau'n iawn.' *Dream on*! Roedd y wasg fel llygod ffyrnig yn sawru gwaed a doedd datganiad tila fel yna yn mynd i wneud dim i'w stopio. Ond roedd yn amlwg fod dynes PR Mandy, gwraig Rhys, wedi bod yn gweithio rownd y cloc. Daeth llu o erthyglau amdano fe a Mandy druan yn *Hello*, *Woman* a chylchgronau pathetig fel yna. Roedd Mandy yn *Hello* yn eistedd mewn ffrog wen forwynol yr olwg. Llifai ei gwallt melyn heb flewyn o'i le yn donnau i lawr ei hysgwyddau. Roedd hi'n cwtsho'r babi, eitha salw a dweud y gwir, ag ecsema neu rywbeth ar ei fochau tew, yn y *conservatory* yn ei phlasty *nouveau riche* gyda Rhys yn Essex.

Ych, roedd ei thast hi'n afiach, meddyliodd Cerys wrth iddi sylwi ar y *fixtures* a'r *fittings* aur dros ben llestri yng nghefndir y llun. Gallwch chi gymryd y ferch allan o Bontypridd …

Roedd Mandy yn ei beio hi, Cerys, yn bennaf wrth gwrs er ei bod hi 'wedi gwahanu ar hyn o bryd oddi wrth Rhys.' Roedd yr hen fitsh yn amlwg yn eiddigeddus bost o Cerys:

'Mae'n gwneud i fi deimlo ychydig yn well nad oedd e wedi cael perthynas gydag un o'n ffrindiau i neu ferch y gallen i fod wedi bod yn ffrindiau gyda hi. Ma' hon a dweud y gwir yn rhywun sy'n gwerthu rhyw fel proffesiwn, yn *lowest of the low* ac mae Rhys yn ddyn ifanc ffôl a gafodd ei demtio. Ond mae e wedi addo fod popeth drosodd rhyngddyn nhw ac mae'n begian i gael dod 'nôl adre. Ond dwi'n gorfod meddwl am fy nyfodol i a'r babi, a dwi ddim yn barod iddo fe ddod adre eto ...'

Cheek, yn awgrymu bod Cerys yn hwren! Petai hi, madam, yn well yn y gwely, fyddai ddim rhaid bod Rhys wedi dod i Minx y noson honno. Ta beth, dyna ddigon o ddarllen ei *sob story* pathetig hi. Roedd yna erthygl wych am Cerys yng nghylchgrawn *Loaded*, lle roedden nhw wedi ei gwisgo hi yng ngwisg enwog Julia Roberts pan oedd hi'n chwarae'r butain yn *Pretty Woman*.

Roedd pawb yn gwybod nad coesau Julia oedd ym mhoster y ffilm go iawn. Ond doedd dim eisiau *body double* arni hi Cerys. Roedd ei choesau hi'n ddigon da i wisgo'r bŵts du sgleiniog hir yna. Byddai sawl dyn yn dod yn ei drowser o weld rheina! Yn cynnwys fe Rhys a'r twat Marc Arwel yna, os oedd y mochyn yn dal yn fyw, mae'n rhaid ei fod yn ei bedwardegau erbyn hyn ...

Pingiodd tecst ei ffôn symudol newydd, yr un gorau ar y farchnad, diolch i'w hincwm newydd: Beth ddiawl wyt ti wedi gwneud nawr? Mam yn dweud bod dy fŵbs di ymhobman! Ffonia fi! Lois x

O fyddai Lois yn conan ac yn rhoi stŵr iddi eto am gael *affair* 'da boi priod er ei bod hithau wedi gwneud 'run peth 'da'r boi Guto yna. Fe ffoniai i hi fory, doedd hi ddim eisiau pregeth nawr. Roedd hi wedi anwybyddu galwadau ei mam a'i thad hefyd.

Er bod ei mam yn eitha bohemaidd, doedd hi ddim eisiau gweld lluniau o'i merch yn cael rhyw yn y papurau tabloid. A doedd ei thad, oedd yn gyfrifydd hen ffasiwn wnaeth ysgaru ei mam flynyddoedd ynghynt, yn sicr ddim yn mynd i'w chanmol. Ond roedd Cerys yn falch ohoni 'i hunan. Roedd wedi defnyddio ei phen yn ogystal â'i rhywioldeb, ac o ganlyniad roedd hi'n enwog. Doedd neb yn cymryd mantais arni nawr – hi oedd yn manteisio ar yr holl *pervs* oedd allan yna, oedd yn barod i dalu i weld ei chorff hi ac roedd hynny'n iawn gyda hi.

Pennod 4

Lois (Tri mis yn ddiweddarach)

'Be ti'n feddwl o'r ffrog'ma? Rhy tarti?'

'Rho *twirl* bach i fi,' gorchmynnodd Catrin wrth sglaffio *panino* cig moch a thomato ar y soffa.

Ufuddhaodd Lois a throi'n lletchwith yn ei ffrog les ddu newydd. Roedd hi mor nerfus! Dyma'r tro cynta y byddai'n cwrdd â rhieni a theuluVittorio. Roedd hi wedi dysgu tipyn amdanynt ar ôl treulio llawer o amser gyda Vittorio dros y misoedd diwetha. Roedden nhw'n Gatholig, yn rhedeg busnes llwyddiannus yn gwerthu hen bethau ac eitemau gwydr Murano, un o gynhyrchion mwya poblogaidd Fenis, mewn siop foethus ar y Campo Santo Stefano. Dyma un o ardaloedd siopa gorau'r ddinas ac roedd Lois yn poeni na fydden nhw'n hoffi gweld eu hunig fab yn mynd allan gyda rhyw Gymraes ddi-nod, weddol dlawd. Roedd Lois wedi mynd heibio i'r siop sawl gwaith, ond doedd hi heb fagu'r hyder i fynd i mewn gan y byddai'n eitha amlwg nad oedd ganddi'r arian i brynu unrhyw beth oedd ar werth yno.

Gwyddai taw eu henwau oedd Paolo ac Elisabetta a'u bod ill dau yn dotio'n lân ar eu mab. Roedd Vittorio wedi ei chysuro'r noson gynt y bydden nhw'n dwlu arni ond roedd ganddi deimlad yn ei bol y byddai'r noson yn anodd. Ceisiodd feddwl yn bositif ond gwyddai'n iawn fod yna agendor mawr rhyngddi hi a nhw yn barod, o ran diwylliant, iaith a diddordebau. Roedd hi'n siŵr y byddai'n well ganddynt petai Vittorio wedi cadw at fynd allan gyda modelau Eidalaidd prydferth.

'Ti'n edrych yn lysh!' dywedodd Catrin yn ddiffuant. 'Heblaw am y ffaith dy fod ti'n crynu fel deilen.'

'Ti ddim yn meddwl bod hi'n rhy fyr wyt ti? Sa i ishe iddyn nhw feddwl mod i'n darten!'

'Paid â bod yn ddwl, groten! Mae'n dod lawr at dy benglinie di, w! Ti ishe iddyn nhw feddwl dy fod ti'n lleian neu rywbeth?'

'Wel, byddai hynny'n well na'u bod nhw'n meddwl 'mod i'n rhyw slwten.'

'Ishe bach o hyder sy arnat ti dyna'i gyd. Pam wyt ti'n meddwl bod Vittorio wedi dwli'n lan arnot ti?'

'Duw a ŵyr,' mwmiodd Lois yn ddiflas.

'*Come off it!*' meddai Catrin. 'Os ti'n pysgota am ganmoliaeth miledi, fe gei di fe, am unwaith! Rwyt ti'n brydferth, rwyt ti'n garedig, rwyt ti'n glyfar – *the whole package*! 'Sdim rhyfedd bod e wedi dy ddewis di.'

Gwridodd Lois at ei chlustiau. 'Diolch blod, rwyt ti'n hyfryd hefyd.'

'Ocê, ocê, 'na ddigon!' chwarddodd Catrin. 'Nawr siapa dy stwmps achos mae e 'ma!'

Clywodd y ddwy yr *intercom* yn canu a gafaelodd Lois yn ei siaced a'i bag a'i chalon yn curo fel gordd.

'Jyst bydd yn naturiol,' cynghorodd Catrin. 'A phob lwc!'

✦

'Ti'n edrych yn *bellissima*!' dywedodd Vittorio'n gynnes wrth iddo ei chusanu'n wresog y tu allan i'r fflat. 'Byddan nhw wrth eu boddau!'

'Dwi mor nerfus, Vittorio! Dwi erioed wedi cwrdd â theulu i gariad o'r blaen.'

'Dwi'n freintiedig iawn' te,' gwenodd Vittorio arni a gafael yn ei llaw wrth iddyn nhw gerdded tuag at y *vaporetto* fyddai'n eu cludo i ynys fechan y Giudecca gyferbyn â'r ddinas, lle trigai ei rieni mewn fflat foethus.

Roedd hi'n noson hyfryd, ac er nad oedd nosweithiau o'r fath yn anghyffredin yn Fenis, roedd heno yn arbennig. Roedd y machlud yn binc llachar ac yn drawiadol iawn yn erbyn yr hen adeiladau paentiedig *terracotta* ac roedd hi'n noson hafaidd hyfryd fel y byddech yn disgwyl ym mis Mehefin yn Fenis. Anadlodd Lois yn ddwfn ac arogl persawr meddwol y blodau *geranium* gerllaw. Roedd hi'n teimlo fel petai mewn ffilm, gydag Eidalwr golygus a rhywiol tu hwnt wrth ei hochr ac adeiladau hynafol a phrydferth Fenis o'i chwmpas. Cymerodd olwg slei ar Vittorio wrth i'r *vaporetto* bach fynd â nhw ar y siwrne deng munud draw i'r ynys. Roedd hi'n gwisgo ei sbectol haul, felly gwyddai nad oedd e'n ymwybodol ei bod hi'n rhythu arno fe.

Yffach gols, roedd e'n bishyn. Roedd ei wyneb e'n brydferth ond eto'n wrywaidd iawn gyda'i stybl a'i ên gref. Dotiai ar y crychau mân wrth ochr ei lygaid mawr brown a'r pant bach hyfryd a ddeuai wrth ochr ei foch chwith pan wenai, fel yr oedd yn ei wneud nawr. Roedd y rhyw yn anhygoel – yn sicr, fe oedd y carwr gorau roedd hi erioed wedi ei brofi. Fel y dywedodd hi wrth Catrin, oedd wrth ei bodd yn ei holi am allu Vittorio rhwng y cynfasau, roedd e wedi ei sbwylio hi nawr ar gyfer unrhyw ddyn arall. Roedd e'n gryf, yn erotig ac am sicrhau ei bod hi'n mwynhau'r profiad cymaint ag ef. Wrth gwrs, roedd hi'n amlwg ei fod e'n brofiadol iawn a cheisiai Lois beidio meddwl am yr holl ferched eraill oedd wedi mwynhau arbenigedd Vittorio. Ac er ei bod hi dal i deimlo ychydig o swildod, teimlai iddi flodeuo fel menyw ers dechrau'r berthynas â Vittorio.

Plygodd tuag ati, ei chusanu'n nwyfus a sibrwd yn ei chlust, 'Ti'n edrych mor rhywiol heno, dwi ishe mynd â ti i'r gwely nawr!' Gwridodd Lois a'i gusanu'n ôl. 'Bydd rhaid i ti fod yn fachgen da o flaen dy fam a dy dad cofia!' Chwarddodd Vittorio, 'Dwi wastad yn fachgen da!'

Gafaelodd Lois yn ei law a dweud yn isel, 'Oes gen ti unrhyw "dips" i fi? Pethe na ddylwn i ddweud neu bethe y dylwn i ddweud?'

'Wel, cofia ganmol Mam am ei bwyd, mae'n licio gweld rhywun yn bwyta llond bol. A dwi'n siŵr fydd Dad yn licio bod ti'n gallu chwarae'r piano fel angel, mae e wrth ei fodd â cherddoriaeth glasurol.'

'Fydd e ddim yn disgwyl i fi chwarae'r piano heno, fydd e?' Doedd hi heb chwarae'r offeryn ers oes pys! Dechreuodd deimlo panig eto. 'Na, 'sdim piano gyda ni, paid poeni.'

Stopiodd y *vaparetto* bach gan daro yn erbyn yr arosfa'n glatsh. Gafaelodd Vittorio yn ei llaw yn gadarn a dweud, 'Barod?' Nodiodd Lois, ond roedd hi ymhell o fod yn barod.

✦

'Vittorio, Lois! *Entrate!*' Safai dynes fechan fochgoch mewn ffrog chwaethus ddu a edrychai fel Chanel i lygaid amhrofiadol Lois, a choler wen wedi'i haddurno â pherlau bychan. Gallai Lois weld y tebygrwydd rhyngddi hi a'i mab yn syth. Roedd Elisabetta yn ddynes brydferth o hyd. Amheuai Lois ei bod yn tynnu at ei chwe deg, ond roedd ei gwallt trwchus a wisgai mewn bwn ar ei phen mor ddu â glo ac roedd ganddi lygaid mawr brown trawiadol, fel ei mab. Roedd hi'n llawn cynhesrwydd a chariad amlwg at ei mab wrth iddi ei gusanu ar ei ddwy foch yn gynnes a theimlai Lois yn gartrefol yn ei chwmni yn syth.

'Lois, rydyn ni mor falch i gwrdd â chi,' dywedodd Elizabetta yn llawen gan siarad Saesneg perffaith ond ag acen Eidalaidd ddel, gan afael yn ei dwylo. 'Ac rydych chi mor brydferth!' Gwenodd Lois a chynnig y tusw o flodau y prynodd hi yn arbennig at yr achlysur a photel dda o win coch roedd Vittorio wedi ei nodi fel hoff win ei rieni iddi.

'O, Lei è molto gentile! Grazie, grazie. Paolo, Paolo! Vieni qua!' galwodd Elizabetta ar ei gŵr.

Cerddodd Paolo, tad Vittorio, allan o ystafell yn y cefn. Gobeithiai Lois y byddai e mor garedig ag Elisabetta. Roedd e ychydig yn hŷn na'i wraig – tua 65 efallai. Roedd e'n ddyn golygus iawn hefyd. Edrychai'n debyg i Paul Newman, yr actor hynod olygus hwnnw, a llygaid gleision trawiadol yn erbyn ei wallt oedd mor wyn â'r eira.

Cydiodd Paolo yn ei llaw a dweud yn gwrtais, 'Croeso i'n cartref ni Lois.'

'*Grazie, Signore Abelli* ...' Roedd Lois bron â moesymgrymu gan fod gan y dyn hwn ryw garisma brenhinol amdano. 'Paolo,' gwenodd arno'n gynnil. 'Hoffwn ymddiheuro bod fy Eidaleg i ddim yn wych ond rwy'n ymarfer yn galed,' gwenodd Lois wrth iddi eu dilyn i'r ystafell fwyta.

Roedd eu cartref yn hyfryd, yn llawn hen gelfi drudfawr yr olwg ond heb fod yn rhy *showy* fel byddai Catrin yn ei ddweud. Roedd y waliau wedi eu paentio'n wyn a nifer o luniau yn hongian arnynt, y rhan helaeth yn lluniau o dirweddau Eidalaidd, ond gwelodd fod ambell i lun o Vittorio yn fachgen yna. Roedd Lois wrth ei bodd â'r rhain. Gwelai fod yna lun hefyd o ferch dywyll, brydferth yn ei harddegau yn eistedd ar foped Vespa. Pwy oedd hi tybed? Yn bendant roedd yna debygrwydd teuluol i Vittorio a'i fam – cyfnither neu rywbeth mae'n rhaid, meddyliodd Lois.

'Ydych chi'n hoffi cig eidion, Lois? Gobeithio nad ydych chi'n llysfwytäwr! Er galla i baratoi *pizza margherita* neu salad i chi wrth gwrs,' dywedodd ei fam yn betrus.

'Mamma, dwi wedi dweud wrthoch chi bod Lois yn bwyta cig,' dywedodd Vittorio gan siglo ei ben ar ei fam yn ffug-ddig.

'*Ah, eccellente*,' dywedodd ei fam. 'Nawr, eisteddwch,'

dywedodd wrth iddi ei harwain at y bwrdd bwyd enfawr oedd yn llawn llestri a gwydrau.

'Gobeithio 'mod i heb roi gormod o waith i chi, Signora Abelli …'

'Elisabetta, *sì*?' dwrdiodd hi Lois gan roi gwen fach iddi. 'Na, ddim o gwbwl, ond rwy'n gobeithio bod gyda chi stumog dda heddi!'

'Mae Mamma yn hoffi bwydo pawb nes bo' nhw ffaelu symud,' chwarddodd Vittorio, wrth iddo dywallt gwin i wydr Lois.

'Mae fy mam i 'run peth,' dywedodd Lois gan gymryd llymaid bach iawn o win rhag iddyn nhw feddwl ei bod hi'n alcoholig.

'Be mae'ch rhieni chi'n ei wneud Lois?'

'Wel, mae Mam wedi ymddeol, roedd hi'n athrawes,' dywedodd Lois. 'Ac mae Dad yn rhedeg busnes adeiladu.' Gobeithiai bod hyn yn swnio'n ddigon uchel-ael iddynt. 'A, dyn busnes, da iawn,' nodiodd Paolo ei ben a rhoddodd Vittorio wên fach slei iddi ei bod wedi pasio'i phrawf.

'Paolo! Fedri di dorri'r cig plîs?' Edrychodd Lois ar y darn enfawr o gig eidion a eisteddai ar hambwrdd arian o'u blaenau.. Gan ei bod hi'n dal yn nerfus, doedd dim rhyw lawer o chwant bwyd arni, ond gwyddai y byddai'n rhaid iddi ymdrechu i fwyta cymaint ag y medrai rhag digio Elisabetta. 'Felly, Lois, sut ydych chi'n mwynhau Fenis hyd yma?' holodd Paolo wrth iddo dorri'r cig yn gelfydd i'r platiau.

'Dwi wrth fy modd, dwi wedi gwireddu fy mreuddwyd yn dod i fyw yma … Mae mor brydferth …'

'Ond dwi'n clywed fod Cymru yn brydferth hefyd?' holodd Elizsabetta wrth iddi roi'r powlenni o lysiau ar y bwrdd.

'O ydy, ond mae'n glawio trwy'r amser!' chwarddodd Lois gan estyn am y tatws.

'Dwi heb fod yng Nghymru,' dywedodd Paolo. 'Ond dwi'n hoff iawn o Richard Burton. Mi welais i e unwaith yn y theatr yn Efrog Newydd pan oeddwn yn ifanc – talent mawr.'

Doedd Lois ddim yn gwybod rhyw lawer am Richard Burton, heblaw'r ffaith ei fod wedi bod yn briod ag Elizabeth Taylor ac yn dod o Bont-rhyd-y-fen ond nodiodd ei phen yn gall. 'Mae fy nghartre i ryw ugain munud i ffwrdd o gartre Richard Burton,' dywedodd, wrth geisio torri ei chig yn aflwyddiannus.

'A sut mae'r gwaith i chi yma?' holodd Elisabetta gan roi llwyaid arall o datws ar blât Lois.

'Ma' llawer o datws gyda chi fanna Elisabetta!' chwarddodd Lois.

'Ma' ishe magu 'chydig o gnawd? arnoch chi Lois fach, chi ferched ifanc – ma' Isabella ni gwmws 'run fath.'

Ond cyn i Lois gael cyfle i ateb, dywedodd Vittorio'n frysiog, 'Ma' Lois yn medru chwarae'r piano yn dda iawn, Papa.'

Edrychodd Paolo arni'n garedig, 'Da iawn chi. Fe geison ni gael Vittorio i ddysgu ond roedd e bob amser yn crio pan oedd hi'n amser iddo gael gwers!'

Chwarddodd Lois wrth i Vittorio godi ei ddwylo yn

ffugio euogrwydd. 'Wel, roedd Mam ishe i fi gael gwersi ac fe wnes i fyny at radd wyth.'

'Y radd uchaf, Papa,' dywedodd Vittorio wrth iddo lenwi gwydr Lois.

'Bydd yn rhaid i chi chwarae i ni,' dywedodd Paolo. 'Tro nesa, ewn ni allan i westy Giorgio yn y dre a chewch chi chwarae'r *grand piano* yno.'

Nodiodd Lois er y gobeithiai na fyddai'r cinio nesa yma yn digwydd am gwpl o fisoedd.

'Sut mae'r cig, Lois?' holodd Elisabetta.

'Mae e'n hyfryd,' gwenodd Lois ac yn wir, roedd y cig yn toddi yn ei cheg. Roedd hi'n teimlo'n bach o ffŵl nawr wedi poeni cymaint am y cinio yma. Roedd rhieni Vittorio yr un mor hyfryd ag yntau. Gwenodd yn hapus. Yna daeth sŵn y gloch o'r drws ffrynt.

'Pwy sy 'na nawr?' ebychodd Elisabetta'n ddiamynedd gan godi ar ei thraed. Stopiodd Lois fwyta a rhoddodd roi ei chyllell a'i fforc i lawr o ran cwrteisi.

'Na, na, bytwch chi nawr, Loise, rhag iddo fynd yn oer. Rhywun yn gwerthu rhywbeth fydd e sbo,' dywedodd Paolo wrth i'w wraig fynd i ateb y drws.

Clywodd leisiau aneglur yn siarad ag Elisabetta a synhwyrodd yn syth fod Vittorio yn anesmwyth. Trodd i edrych arno ond roedd e eisoes ar ei draed. Cerddodd Elisabetta i mewn i'r ystafell fwyta a'r ferch ifanc oedd yn y llun ar y Vespa wrth ei hochr ac yn eu dilyn, roedd yna ddynes eithriadol o brydferth a thrwsiadus yr olwg. Roedd hon yn tynnu at ei phedwar deg, a'i gwallt aur mewn *chignon*, heb flewyn o'i le. Gwisgai siwt gostus las tywyll Armani-aidd yr olwg a theimlai Lois fel merch ysgol wrth ei hochr.

'Isabella!' cyfarthodd Vittorio enw'r ferch ati – roedd e'n amlwg yn anhapus i'w gweld hi.

'Papa!' dywedodd y ferch yn ddifater wrth iddi eistedd i lawr gerllaw Lois a helpu ei hun i swper.

'Vittorio, wyt ti'n mynd i'n cyflwyno ni?' dywedodd y flonden mewn Saesneg perffaith ond â thinc Eidalaidd, gan edrych ar Lois yn awgrymog.

'Lois, dyma fy nghyn-wraig, Elsa,' meddai Vittorio yn isel gan droi ei olygon i ffwrdd oddi wrth lygaid Lois.

Ceisiodd guddio ei sioc rhag y witsh mewn Armani ac ar ôl eiliad neu ddau hynod letchwith, estynnodd law i Elsa yn ffurfiol, 'Neis i gwrdd â chi Elsa.' Ysgydwodd y ddwy ddwylo am ryw eiliad ac roedd llaw Elsa yn oer fel iâ. Trodd Lois i wynebu Isabella a dweud yn boléit, 'Haia Isabella.' Nodiodd Isabella ei phen yn ddifater; roedd hi'n rhy brysur yn yfed gwydryn go fawr o win i dalu sylw i Lois.

'O'n i'n meddwl bod ti ac Isabella yn y theatr heno?' holodd Vittorio.

'Cafodd y sioe ei chanslo ac mae gen i gyfarfodydd yn y bore, felly des i adre â hi'n gynnar. Oes yna broblem?' holodd Elsa yn oeraidd.

'Hoffet ti swper, Elsa?' holodd Paolo yn fonheddig, ond yn amlwg yn synhwyro'r tyndra rhwng ei fab a'i gyn-wraig.

'Na mae'n iawn diolch, Paolo, fe wna i adael i chi fwynhau'ch swper. *Ciao*!' Nodiodd Elsa ei phen atynt gan roi cusan ar foch ei merch, cyn camu allan o'r gegin fel llewes.

Doedd Lois ddim yn gwybod beth i'w feddwl. Pam ddiawl nad oedd e Vittorio wedi dweud wrthi fod ganddo gyn-wraig a merch yn ei harddegau? Oedd hi ddim yn ddigon pwysig i wybod hyn? Ai dim ond ffling oedd hyn iddo? Gwyddai nad oedd hi am barhau â'r swper yma'n hirach nag oedd yn rhaid iddi. Roedd hi'n teimlo'n hollol dwp o flaen ei rieni nawr. Roedd hi eisiau siarad ag e cyn gynted ag y medrai! Gorffennodd ei bwyd yn gyflym gan adael y rhan helaeth o'i thatws ar ôl.

Roedd Vittorio wrth gwrs wedi clirio ei blât.

'Mamma, cyn i ni gael pwdin, ga i ddangos yr ardd i Lois?'

'Wrth gwrs,' dywedodd ei fam, yn synhwyro bod rhywbeth o'i le. Gwenodd yn gydymdeimladol ar Lois cyn tynnu'r gwydryn gwin o afael Isabella. 'Dyna ddigon, Bella!' clywodd Lois hi'n dweud cyn dilyn Vittorio allan i'r ardd.

'Be ffyc sy'n mynd 'mlaen fan hyn?' sibrydodd Lois wrtho'n gynddeiriog wrth iddo ei harwain i lawr llwybr bychan caregog i waelod yr ardd.

'Ma'n ddrwg 'da fi Lois, o'n i am ddweud wrthot ti cyn hir, pan fyddai'r amser yn iawn.'

'Pan fyddai'r amser yn iawn? Ni wedi bod gyda'n gilydd am dri mis nawr, pryd fyddai'r amser yn iawn? Dwi wedi dweud popeth wrthot ti am fy mywyd i, am Daniel ... am bopeth! Dwi'n teimlo fel real ffŵl nawr. Mae'n amlwg mai jyst rhyw ffling ydw i i ti wedi'r cwbwl.

Wyt ti dal yn cysgu 'da'r Elsa 'na? Sawl gwraig arall sy 'da ti 'te? A sawl plentyn?'

'Ti'n bod yn blentynnaidd nawr, Lois. Un gyn-wraig ac un plentyn, dyna i gyd. Dyw e ddim yn *big deal*.'

'Wel os nad yw e'n *big deal*, pam 'set ti 'di dweud wrtha i'n gynt?' Roedd Lois yn grac gyda'i hun ei bod wedi ypsetio cymaint; gallai deimlo'r dagrau'n cronni'n barod. Pam na allai hi fod yn *chic* ac yn cŵl fel Elsa? Fyddai hi ddim wedi ymateb fel hyn, byddai hi wedi dweud, 'Popeth yn iawn, cariad, mae gan bawb orffennol,' neu ryw lein soffistigedig fel hynny.

'Wel, mae fy mywyd preifat i yn breifat a doeddwn i ddim yn barod i'w rannu gyda ti eto. Ond byddwn i wedi dweud wrthot ti cyn hir, pan o'n i'n gwybod sut oedd y berthynas yn datblygu,' dywedodd Vittorio.

'O diolch,' dywedodd Lois yn sarcastig.

'Wel, mae'n ymddangos 'mod i wedi gwneud y penderfyniad cywir o ystyried bod ti'n gor-ymateb fel hyn. Ma' Elsa a fi wedi gwahanu ers pum mlynedd, pan oedd Isabella yn ddeg oed. Dwi'n ddyn sengl. Rydyn ni'n rhannu gwarchodaeth ac mae Isabella yn byw hanner yr wythnos yma gyda Mamma a Papa. Dyw'r oriau gwaith yn y clwb ddim yn ddelfrydol lle mae gofalu am ferch fywiog bymtheg oed yn y cwestiwn.'

'Does dim ots 'da fi dy fod ti wedi bod yn briod o'r blaen, nac am Isabella. Dwi jyst ddim yn lico cyfrinachau a dy fod ti'n gwneud i fi edrych fel ffŵl o flaen dy deulu di, dyna i gyd.'

'Dy'n nhw ddim wedi sylwi ar ddim byd,' dywedodd

Vittorio gan roi ei fraich o'i chwmpas. 'Gwranda, mae'n ddrwg gen i, dylen i fod wedi dweud wrthot ti yn gynt, ond doeddwn i ddim yn gwybod bydden nhw'n dod draw heno.'

'Pa mor ddifrifol wyt ti amdana i, Vittorio?' trodd Lois ato, â'r dagrau'n ffrydio i lawr ei bochau erbyn hyn. 'Rhyw dwrist bach stiwpid a naïf, rhyw ffling dwy a dime? 'Dwi mewn cariad gyda ti a dwi ddim ishe i ti roi loes i fi a chadw cyfrinachau fel hyn.'

'Rwy'n hoff iawn ohonot ti,' dywedodd Vittorio gan geisio ei chusanu.

'Dyna i gyd oedd ishe i fi wybod,' dywedodd Lois gan ei wthio o'r neilltu. Wrth gwrs nad oedd e'n ei charu hi – hi oedd yn bod yn dwat fel arfer. Byddai Cerys wedi gweld hyn yn dod o bell ac wedi gwasgu Vittorio fel cleren o dan ei stilettos fel cosb! Pam oedd hi wastad yn syrthio'n rhy gyflym am y dynion yma? Ac yna'n cael ei thrin fel baw o ganlyniad!

Edrychodd o'i chwmpas yn wyllt gan edrych am ffordd o ddianc. Sylwodd fod yna ddrws yn arwain allan o'r ardd a rhedodd tuag ato'n a'i dynnu. Sut bynnag, roedd y drws o dderi ac yn drwm y diawl ac roedd hi'n straffaglu i'w agor cyn iddo ei chyrraedd. 'Lois!' gafaelodd Vittorio yn ei breichiau'n dynn a'i stopio rhag agor y drws. 'Rwyt ti'n bod yn blentynnaidd, Lois,' dywedodd Vittorio gan sychu'r dagrau o'i gruddiau yn gariadus. 'Dwi ddim,' pwdodd Lois gan wingo yn ei freichiau. 'Rwyt ti'n edrych yn secsi iawn pan wyt ti'n grac 'da fi,' gwenodd arni'n gellweirus a theimlodd ei dicter yn dechrau diflannu. O, roedd e mor garismatig a golygus ac roedd hi'n ei garu gymaint. Mae'n rhaid ei fod e'n ei charu hi hefyd neu fyddai e ddim wedi cuddio'r ffaith ei fod wedi bod yn briod o'r blaen oddi wrthi.

'Fedri di faddau i fi?' cusanodd Vittorio ei llaw. Edrychodd Lois arno am ennyd ac yna sychodd ei dagrau. 'Medraf, ond dim mwy o gyfrinachau, Vittorio!'

'Dwi'n addo,' a gwenodd y wên fach slei, secsi oedd yn gwneud iddi lesmeirio a'i thynnu yn ôl i'r ystafell fwyta.

✦

Cerys (Yr wythnos honno)

'Ydych chi'n teimlo unrhyw euogrwydd o gwbwl am chwalu priodas, Cerys?' holodd Sabrina Cummings, cyflwynydd rhaglen frecwast Channel 5, a'i llygaid yn treiddio i lygaid Cerys. Ffycin bitsh! Roedd Sabrina wedi gweld dyddiau gwell a hithau yn ei phedwardegau hwyr, meddyliodd Cerys. Roedd ei gwallt perocsid fel helmed am ei phen roedd hi wedi rhoi cymaint o *lacquer* arno fe. Roedd ei siwt binc olau, oedd yn dangos ei choesau main, di-siâp, a hithau'n trio efelychu Jackie Kennedy ac yn methu, yn *passé* a dweud y lleia.

Roedd yn amlwg ei bod hi'n genfigennus o Cerys a edrychai'n hynod o ddeniadol y diwrnod hwnnw yn ei ffrog newydd Alexander McQueen glas golau, sidêt, nad oedd yn dangos dim ond mymryn o *cleavage* rhag dychryn y mamau dros eu cornfflêcs. Ond roedd yn rhaid iddi chwarae'r gêm fel roedd ei hasiant, Rufus, wedi ei siarsio, gan fod yna dipyn o arian yn y cyfweliadau teledu yma ac wrth gwrs roedd e'n codi ei phroffil hi hefyd. 'Bydda'n gwrtais, yn agos atoch– *y tart with a heart* fel Julia Roberts yn *Pretty Woman*', roedd e wedi dweud. Y gobaith oedd y byddai'n ennill enwogrwydd am fod yn Cerys Evans yn y pen draw gan ddechrau gyrfa fel model *glamour* a byddai pawb yn anghofio am ei pherthynas â Rhys Jones.

'Wel, Sabrina,' gwenodd Cerys, yn ceisio dangos ei bod yn ddiffuant. 'Roeddwn i dros fy mhen a 'nghlustiau mewn cariad â Rhys ac roeddwn i'n fenyw sengl pan wnaethon ni gwrdd. Roedd e wedi dweud wrtha i ei fod e a Mandy mewn priodas agored, bod hi'n berthynas o'n nhw'n cadw i fynd er mwyn y wasg a'r cyfryngau. Felly doeddwn i ddim yn teimlo 'mod i wedi dinistrio eu priodas trwy gael perthynas gyda fe.' Wff! Byddai hwnna'n bownd o frifo! Ond roedd y twat yn haeddu hyn gan nad oedd e wedi trafferthu cysylltu â Cerys wedi'r sgandal ac roedd ei ddatganiadau o serch tuag ati mor ffug â'i liw haul St Tropez.

'Ond doeddech chi ddim yn teimlo unrhyw euogrwydd o gwbwl? O ystyried fod plentyn ifanc gyda nhw?'

'Pan ydych chi mewn cariad, Sabrina, mae synnwyr cyffredin yn cael ei golli'n llwyr mae arna i ofn. Rwy'n teimlo'n flin dros deulu Rhys, ond dwi'n meddwl mai cwestiwn iddo fe yw'r cwestiwn am euogrwydd gan taw fe wnaeth yr addunedau priodas ac nid fi.' Ha! Dyna gic arall yn y ceilliau i Rhys yn fan yna. Gobeithiai y byddai'n ei gwylio, a'r twlsyn ffrind 'na oedd gyda fe hefyd, Meic. Estynnodd Cerys am ei gwydryn o ddŵr a chymryd llwnc go dda. Nawr, a fyddai'r hen bitsh yn holi am ei chynlluniau ar gyfer y dyfodol, tybed? Câi sôn am ei chalendr newydd wedyn. Roedd hi newydd ddod 'nôl o *photoshoot* yn y Caribî, lle cafodd hi gryn hwyl yn gwisgo bicinis costus a gwneud 'stumiau gyda model gwrywaidd hynod rywiol ar gyfer y calendr fyddai'n cael ei ryddhau ar ddiwedd y flwyddyn.

'Mmm … Ma' rhai o'r papurau wedi dweud eich bod chi wedi dechrau'r berthynas gyda Rhys er mwyn ennill enwogrwydd ar ei gefn e.' Ha! Roedd Sabrina'n amlwg yn ceisio ei phortreadu hi fel *gold digger* ac wrth gwrs, roedd hynny'n berffaith wir ond roedd Rufus wedi paratoi ateb da iddi ar gyfer y cwestiwn lletchwith hwn.

'Yn rhinwedd fy swydd i yng nghlwb Minx, fe wnes i gael sawl … yy … cynnig … gan enwogion sy'n fwy adnabyddus o lawer na Rhys Jones. Wedi'r cwbl, mae actorion byd-enwog o *A-list* Hollywood yn curo pêl-droediwr o Gymru o ran statws,' gwenodd Cerys yn sidêt ar Sabrina. 'Ond fe wnes i wrthod pob tro, do'n ni ddim i fod i gymysgu pleser â busnes.' Byddai Sammy a Coco o glwb Minx yn diolch iddi am bwysleisio'r 'rheol' fach yna.

'Ond roedd yna atyniad gwirioneddol rhyngof i a Rhys; roeddwn i'n ei garu e,' dywedodd Cerys gan edrych yn ddiffuant i'r camera. Catherine Zeta Jones, *eat your heart out*!

'Hmmm,' dywedodd Sabrina, yn weddol ddiduedd. 'Felly, pam wnaethoch chi fynd at y papurau?'

'Dim fi aeth at y papurau yn gyntaf, Sabrina, y *paparazzi* wnaeth dynnu llun ohonon ni'n dau y tu allan i'r clwb. Ac roeddwn i'n meddwl ei bod hi'n bwysig rhoi fy ochr i o'r stori cyn bod celwyddau'n cael eu hadrodd yn y papurau …' Ha! Tria eto Sabrina y bitshen, meddyliodd Cerys i'w hun yn falch wrth iddi eistedd yn ôl yn gyfforddus ar y soffa, gan sicrhau ei bod hi'n dangos ochr orau ei phroffil i'r camera.

'Wel, mae gennym ni wylwyr nawr ar y ffôn sydd eisiau rhannu eu barn gyda chi Cerys,' meddai Sabrina gan wenu gwên oer a ffug arall. 'Sandra Buchanan o Birmingham, beth hoffech chi ei ddweud wrth Cerys?'

'Ry'ch chi'n hen hwren tsiêp, dyna beth ydych chi, yn cymryd mantais o ddyn ifanc fel Rhys a'i wraig. 'Sdim gronyn o hunan-barch yn perthyn i chi! Y ffyc …'

Cafodd galwad Sandra ei dileu wrth iddi ddechrau rhegi fel nafi.

'O diar, dim un o'ch ffans chi fan 'na, Cerys,' dywedodd Sabrina, yn amlwg yn mwynhau pob munud.

'Wel, fel rhywun yn y byd cyhoeddus, Sabrina, fel dwi'n siŵr r'ych chi'n ei wybod, dyw pawb ddim yn mynd i fod yn ffan. Ac mae'n rhydd i bawb ei farn.' Beth oedd hi'n poeni am ryw smalwen dew a'i barn yn Birmingham? *There's no such thing as bad publicity*, medden nhw.

'Nawr 'te, mae John o Gaerdydd gyda ni ar y ffôn nawr,' dywedodd Sabrina.

'Hei, Cerys, faint ti'n ei godi am sesiwn awr?' chwarddodd John yn fochynnaidd. Ych-a-fi!

Gwenodd Cerys er ei fod e'n codi pwys arni. 'Fedri di ddim fy fforddio i, John,' gwenodd, yn eitha mwynhau hyn. Jiawl, roedd hi *on form* heddiw! 'Ac yn ola, mae gyda ni westai go arbennig ar y ffôn, Mrs Betty Morris, mam Mandy Jones, a mam yng nghyfraith Rhys Jones. Betty, beth hoffech chi ei ddweud wrth Cerys?'

'Ry'ch chi wedi torri calon fy merch i a chwalu ei theulu hi. Dy'ch chi ddim gwell na phutain,' dywedodd Mrs Morris, â'i llais yn berwi o ddigofaint ar y ffôn. 'Ac mae Rhys yn difaru ei enaid ei fod wedi cyffwrdd â chi o gwbwl, y slwten!'

Edrychodd Cerys mewn panig ar Rufus, oedd yn eistedd yn y stiwdio. Cododd Rufus a rhedeg draw at y cyfarwyddwr a safai gerllaw. Doedd neb wedi sôn y byddai mam yng nghyfraith Rhys yn rhan o'r sgwrs! Ffycin Channel 5, roedden nhw'n fastads llwyr. Doedd Richard a Judy ddim wedi bihafio fel hyn! Roedd Cerys wedi cael beirniadu eu sioe ffasiwn nhw a chwbl ac roedden nhw wedi bod yn glên iawn wrthi. *Shit!* Be oedd hi i fod i'w ddweud nawr?

'Rwy'n deall eich bod chi wedi cael ysgytwad, Mrs Morris, ond nid dyma'r lle i gael y sgwrs hon. Dwi'n meddwl y dylech chi gael gair â'ch mab yng nghyfraith gan mai fe sydd ar fai yma ac nid fi,' dywedodd Cerys yn ceisio cadw rheolaeth ar ei thymer.

'O, dwi wedi gwneud, gallwch chi fod yn siŵr o hynny,' atebodd Mrs Morris. 'Ac mae e wedi mynd ar ei liniau yn begian am faddeuant am ei ffolineb. Ma' menywod fel chi yn beryglus ac ma' ishe i rywun stopio chi a'r clybiau ffiaidd yma. Ond fe gewch chi sioc un diwrnod – pan fyddwch chi'n hen ac yn hyll a fydd neb eich ishe chi bryd hynny. Ond dwi ishe i chi wybod bod chi ddim wedi ennill – ma' Rhys a Mandy yn mynd i ddod drwyddi ...'

Torrodd Sabrina ar draws Mrs Morris yn amlwg yn ffroeni sgŵp, 'Felly ma' Rhys a Mandy yn ôl gyda'i gilydd, Mrs Morris?'

'Ma'n nhw'n cymryd pethe'n ara, wrth reswm ac yn gweld therapydd priodas,' dywedodd Mrs Morris. 'Ond ma'n nhw'n benderfynol o beidio gadael i un camgymeriad gyda'r hwren yma ddinistrio blynyddoedd o hapusrwydd.'

'Trueni na fydde Rhys wedi meddwl am hynny pan oedd e yn y gwely gyda fi, glywes i mohono fe'n "difaru" bryd hynny,' meddai Cerys yn swta, wedi cael digon ar glywed y geiriau slwten a hwren erbyn hyn. Edrychodd draw ar Rufus ac roedd yntau'n gwneud stumiau iddi gau ei cheg. Beth? Oedd e eisie iddi hi ddweud dim a gwenu fel rhyw ddoli glwt a gadael i'r fuwch yma ei sarhau hi ar deledu cenedlaethol?

'Geiriau cryf fan 'na, Cerys,' dywedodd Sabrina yn esmwyth. 'Ond falle gallech chi gymryd y cyfle hwn i ymddiheuro i Mrs Morris am y loes achosoch chi i'w teulu?'

'Dwi ddim yn meddwl bod angen i fi ymddiheuro,' dywedodd Cerys, yn ddi-hid. Roedd hi wedi blino ar y ffugio bellach. Wfft iddyn nhw i gyd. 'Nid fi oedd yn briod, nid fi oedd yn cael *affair*. A dwi ddim yn adnabod Mrs Morris na'i theulu. Ma'r berthynas gyda Rhys wedi gorffen a dwi ishe symud 'mlaen a chanolbwyntio ar fy ngyrfa. Mae gen i galendr fydd allan ddiwedd y flwyddyn a sawl ...'

Torrodd Sabrina ar ei thraws yn ddiseremoni, 'Wel, does dim amser gyda ni nawr i barhau â'r drafodaeth hon, yn anffodus. Beth bynnag, gallwch anfonwch e-bost aton ni am eich barn chi am berthynas Cerys Evans a Rhys Jones, a darllenwn ni'r sylwadau mwya diddorol yn y stiwdio fory.'

Arhosodd Cerys ar y soffa gan wenu'n ffug nes bod y rhaglen wedi gorffen ffilmio ac yna lluchio'r meicroffon i wyneb Sabrina nes iddo ei tharo'n sgwâr ar ei thrwyn – y ffycin hwch. 'Stwffiwch hi, a stwffiwch eich rhaglen!' dywedodd Cerys gan gamu oddi ar y set. Dyna'r tro ola y byddai hi'n gwneud cyfweliad teledu gyda Sabrina Cummings a'i chriw!

✦

(Y noson honno)

'Yffarn dân, Cerys,' dywedodd Coco wrth i'r ddwy fwynhau bob i goctel ym mar Chicos yn y ddinas. 'Alla i ddim credu dy fod ti wedi taflu meic i wyneb Sabrina Cummings!'

'Mae'r ffycin hwch yn lwcus na luchiais i'r gwydryn dŵr oedd gen i yn ei hwyneb hi hefyd,' chwarddodd Cerys gan gynnau sigarét. Roedd y 'ddrama' fach gyda Sabrina wedi helpu ei hachos, yn ôl Rufus. Roedd e'n poeni y byddai difaterwch Cerys am roi dolur i deulu Rhys yn troi'r cyhoedd yn ei herbyn, ond nawr fod ganddo'r *cat-fight* gyda Sabrina i'w werthu i'r papurau, roedd yn hyderus y byddai ffocws y wasg ar y ddwy fenyw'n ymladd yn hytrach na chwyno Mrs Morris am foesau Cerys. Roedd y cyfryngau wrth eu bodd â *cat-fights*, medde fe.

'Wel, dwi'n siŵr fyddi di ar dudalen flaen y papurau fory eto,' chwarddodd Coco.

'Ie, trueni bod rhaid i fi rannu lle gyda'r dorth Sabrina 'na,' dywedodd Cerys yn anfodlon.

'Ti fydd yn cael y mwya o sylw, dwi'n siŵr,' dywedodd Coco'n gysurlon. 'Pwy sy ishe gweld hen wrach fel Sabrina mewn bicini?'

'Ti'n iawn,' nodiodd Cerys yn falch, roedd y cyhoeddusrwydd 'ma'n ffantastig. Doedd ei mam ddim yn hapus iawn gyda hi ac roedd hi wedi anfon tecst go feirniadol ati'r pnawn hwnnw yn dilyn darllediad yr eitem gyda Sabrina ond doedd Cerys ddim yn malio taten. Prin iawn roedd hi'n siarad â'i theulu'r dyddiau yma ta beth ac roedd hi wedi eu rhybuddio rhag siarad gyda'r *paps* gan fod y papurau tabloid wedi bod yn snwffian am stori amdani yn Rhydaman yn ddiweddar. Wrth gwrs roedd y drowten Rhian Hughes yna oedd yn yr ysgol gyda hi, wedi gwneud cyfweliad â'r *Star* yn sôn am ei 'chyfeillgarwch agos' â Cerys yn yr ysgol. Dywedodd ei bod hi 'di cael rhyw gyda'r rhan fwya o'r pumed dosbarth yn ogystal! Wel, roedd hynna'n folocs llwyr achos roedd Cerys yn canolbwyntio ar fechgyn y chweched pan o'dd hi yn y bumed! Ond ta waeth, roedd e'n dda i'w delwedd, medde Rufus, fel y *femme fatale*.

'Diod arall?' holodd Cerys wrth iddi ddrachtio ei choctel Sex on the Beach yn falch. 'Ie, pam lai?' atebodd Coco.

Cerddodd Cerys at y bar, oedd yn orlawn o glybwyr chwyslyd. Ond roedd hi'n adnabod y gweinydd, Dave, ac roedd hi'n siŵr y byddai'n ei symud i ben y ciw. 'Dave!' gwaeddodd Cerys a chodi dau fys i ddangos ei dymuniad i gael dau goctel arall. Cododd Dave ei aeliau a nodio arni.

'Oi, be' ti'n feddwl ti'n neud?' holodd rhyw ferch flonegog o'i blaen mewn ffrog fini dynn anffodus.

'Prynu diod, beth wyt ti'n ei wneud pan ti'n sefyll wrth far fel arfer?' dywedodd Cerys yn gegrwth. Pwy oedd y *proles* yma? Dylai hi fod wedi mynd i un o'r bariau mwy *exclusive* yn dre, fel yr Ivy neu rywbeth. Ond roedd coctels Dave yn wych a chic iddynt fel mul.

Trodd y ferch i'w hwynebu. 'Pwy ffyc ti'n meddwl wyt ti?' dywedodd gan syllu i wyneb Cerys. Cymerodd eiliad neu ddwy, ond yna, fe ddaeth fflach o adnabyddiaeth ar ei gwep hyll.

'Ffycin hel, ti yw'r bitsh 'na off y teli, yr un gafodd ffling 'da Rhys Jones.'

'Na, chi 'di gwneud camgymeriad,' dywedodd Cerys gan geisio symud i ffwrdd oddi wrth y dwpsen dew ond roedd hi wedi ei chaethiwo wrth y bar, diolch i'r ciw enfawr o bobl oedd yn ei hamgylchynu erbyn hyn.

'Hei, Kev,' gwaeddodd y ferch yn uchel. 'Dyma'r slag 'na oedd ar y teli bore ma, yr un oedd yn shago Rhys Jones!'

Trodd pawb i edrych arni fel un a theimlodd rywun a safai y tu ôl iddi yn gwasgu ei phen-ôl yn boenus o galed.

Trodd Cerys yn wyllt i'w wynebu a gweld rhyw horwth o foi mewn crys neilon llachar yn gwenu arni'n awgrymog. 'Ffyc off!' gwaeddodd Cerys gan ddefnyddio ei hesgid stiletto i ddysgu gwers iddo a gwasgu ei throed mor galed ag y medrai ar ben ei droed yntau

'Aw! Ffycin bitsh!' gweiddodd y boi gan afael ei braich yn arw. 'Be ti 'di 'wneud i Kev, y slag?' gwaeddodd y fenyw dew gan anelu ei dwrn yn syth at ei hwyneb. Ceisiodd Cerys osgoi'r dwrn blonegog a oedd yn dod tuag ati fel petai mewn *slow motion*. Ond teimlodd ergyd fel bwled o wn ar ei thrwyn ac yna disgynnodd i'r llawr mewn llewyg.

✦

Hywel (Y prynhawn hwnnw)

'Wyt ti'n siŵr dy fod ti'n gwneud peth doeth?' holodd ei fam yn betrus wrth iddi ei yrru i'r maes awyr ym Mryste. 'Mam, wedoch chi y dylen ni adael y tŷ yna, a cheisio symud 'mlaen 'da mywyd,' dywedodd Hywel yn amyneddgar.

'Do, ond o'n i wedi gobeithio y byddet ti'n dod 'nôl i fyw gyda fi … nes dy fod ti ar dy draed eto …'

'Dwi'n gwybod Mam, ond fydde hynny ddim wedi helpu chwaith. Dwi angen brêc llwyr o'n rŵtin arferol i a mynd i rywle sy'n gwbwl newydd a lle nad oes dim atgofion …'

'Ti sy'n iawn sbo,' ond roedd tôn llais ei fam dal yn llawn amheuaeth.

'Bydd Lois yna i gadw llygad arna i,' gwenodd Hywel ar ei fam. 'A dwi ddim yn mynd am byth!'

'Diolch i Dduw am hynny,' dywedodd ei fam. 'Jyst bydda'n wyliadwrus dyna i gyd – rhag i rywun dy fygio di neu ymosod arnat ti fin nos. A phaid mynd allan yn hwyr ar ben dy hunan. Fyddi di ddim yn Rhydaman, cofia!'

'Dwi ddim yn meddwl medra i anghofio hynny,' chwarddodd Hywel. Roedd Fenis yn gwbl wahanol i Rydaman!

Penderfynodd dreulio rhyw fis yn yr Eidal gyda Lois wedi iddi awgrymu'r syniad ar y ffôn rai wythnosau ynghynt. 'Ma' angen newid byd arnat ti Hywel, rhywle lle fedri di wella'n feddyliol ac yn gorfforol' medde hi. Ac er iddo wrthod yn y cychwyn, wrth i'w iselder fynd yn waeth a'r hunllefau gynyddu, gwyddai fod yn rhaid iddo ddianc o'i hen gartre.

Roedd wedi rhoi'r tŷ ar werth a gallai ei fam a'r asiant gwerthu tai edrych ar ôl y gwerthiant iddo pe byddai'r lle'n gwerthu syth. Gyda digon o gynilion yn y banc i bara am ryw fis neu ddau doedd dim rhaid poeni am arian am ychydig. Tristaodd wrth gofio bod yr arian yna i fod ar gyfer yr efeilliaid … Wrth gwrs roedd ganddo ei garden credyd hefyd pe bai gwir angen arno. Roedd Meleri yn casáu'r garden credyd ac o ganlyniad doedd dim balans ganddo arni nes iddo brynu'r tocyn awyren. Byddai Meleri wedi bod wrth ei bodd yn teithio i Fenis …

'Hywel, y'n ni yma … Hywel? Ti'n iawn?'

'Ydw, Mam … Jyst yn synfyfyrio 'na gyd.'

Parciodd ei fam y car ac yna troi a gafael yn ei law. 'Dwi mor browd ohonot ti, bach, fel rwyt ti wedi ymdopi. A gobeithio byddi di'n saff mas yn yr Eidal 'na. Cofia fedri di ddod 'nôl yn gynt os ti moyn ac os oes ishe arian arnat ti, rho wybod ac fe wna i roi cwpwl o gannoedd i ti gael ffleit adre.'

'Diolch Mam, y'ch chi wedi bod yn gefn mawr i fi.' Cusanodd ei fam ar ei boch a'i chofleidio hi.

'Wyt ti ishe fi ddod gyda ti i aros am yr awyren?'

'Na, bydd hi'n nosi cyn hir a well i chi gychwyn adre cyn bod y traffig yn gwaethygu.'

Roedd ei fam yn nerfus iawn yn gyrru a gwyddai fod heolydd dierth Bryste yn achosi cryn boen meddwl iddi yn ystod y dydd heb sôn am gyda'r nos. 'Cofia ffonio fi'n syth pan gyrhaeddi di draw yna …'

'Wrth gwrs.' Camodd allan o'r car a chodi ei gês allan o'r bŵt.

'Caru chi Mam!'

'Caru ti hefyd, 'machgen i. A chofia fi at Lois.' Gwyliodd ei fam wrth iddi yrru'n ofalus allan o'r maes parcio a chodi ei law mewn ffarwél nes iddi fynd o'r golwg. Anadlodd yn ddwfn a dechreuodd deimlo'n benysgafn ac yn ansicr. Oedd e'n gwneud peth doeth? Roedd e ar ei ben ei hunan am y tro cynta ers blynyddoedd …

✦

'Hywel! Hywel, w!' Cerddodd Hywel allan o'r adran cyraeddiadau yn y maes awyr yn Fenis. Roedd y ffleit wedi bod yn iawn. Doedd Hywel ddim yn hoffi hedfan o gwbl, ond trwy esgus ei fod e mewn bws a chladdu ei ben mewn nofel ysgafn a brynwyd o siop y maes awyr, roedd e wedi dod drwyddi.

A dyna ble roedd Lois yn sefyll yn dal cerdyn gyda'i enw arno mewn llythrennau bras. Gwenodd wrth ei gweld. Roedd hi'n edrych yn ffres ac yn hapus a lliw haul iachus ar ei hwyneb.

Cofleidiodd hi'n falch. 'O dwi mor hapus bo' ti yma Hywel! Sut oedd y ffleit? Sut oedd dy fam? Popeth yn iawn?'

Rhoddodd Lois ei braich trwy ei fraich yntau.

'Ffleit yn iawn diolch. Ces i beint o Amstel i helpu'r nerfau. Mam yn iawn. Mae hi'n poeni amdana i a bydd rhaid i fi ei ffonio hi pan gyrhaeddwn ni'r fflat.'

'Ie, dim problem. Dwi'n methu credu bo' ti yma! Ti ishe help 'da'r bag yna?'

'Na dwi'n iawn diolch, wedi ceisio pacio'n ysgafn rhag i mi lenwi'ch fflat chi ag annibendod! Gwranda, ti'n siŵr bod dy fflat-mêt di'n iawn 'da fi'n aros?'

'Ydy, mae hi'n iawn, dwi wedi dweud wrthot ti droeon,' dywedodd Lois. 'A ta beth, mae cariad newydd gyda hi ac mae'n treulio'r rhan fwya o'r amser yn aros gyda fe! Cei di gysgu yn fy ngwely i pan dydy hi ddim o gwmpas a fedra i gysgu yn ei gwely hi, rhag i dy gefn di ddiodde'n ormodol ar yr hen *futon* 'ma sy 'da ni!'

Cerddodd y ddau tuag at y bws fyddai'n eu cludo i ganol Fenis. A dweud y gwir doedd Hywel ddim yn meddwl rhyw lawer o'r lle eto. Roedd ardal y maes awyr yn llwyd ac yn ddiflas heb ronyn o brydferthwch ond gwyddai o'r hyn a welodd ar y teledu ac mewn ffilmiau fod Fenis ei hun yn eithriadol o ddeniadol. Unwaith eto, teimlodd y pwl o dristwch wrth feddwl amdano fe a Meleri yn cael tro mewn *gondola* ac yn edrych ar ryfeddodau Basilica San Marco gyda'i gilydd.

Fel petai'n synhwyro'i deimladau, cydiodd Lois yn ei law a'i wasgu'n gynnes wrth iddyn nhw eistedd ar y bws. 'Sut wyt ti erbyn hyn?'

'Wel, dyw hi ddim wedi bod yn hawdd a dweud y lleia,' dywedodd Hywel yn dawel. 'Ro'n i'n meddwl 'mod i'n colli arna fy hun ar brydie – yn cael hunllefau oedd mor real … ei bod hi'n fyw o hyd a bod popeth yn iawn …'

'Dwi'n cofio cael hunllefau ofnadw ar ôl colli Daniel …' nodiodd Lois yn lleddf. 'Fi'n gwybod alla i ddim cymharu carwriaeth fer fel yna gyda beth oedd gyda chi'ch dau …'

'O't ti'n ei garu e, Lois ac es ti drwy gyfnod rili galed,' gwenodd Hywel arni. 'Dyw e ddim yn gystadleuaeth …'

'Na, fi'n gwybod,' gwenodd Lois a chynnig gwm cnoi iddo fe.

'Nawr, ar bwnc arall,' dywedodd Hywel gan geisio codi eu hwyliau. 'Beth wyt ti'n feddwl am sgandal Cerys a Rhys Jones 'te?'

'Wel, mae'r stori wedi lledu i'r Eidal a chwbwl. O'dd

llun o Cerys yn un o'r papurau tabloid yma,' dywedodd Lois gan chwerthin. 'Fel 'na ma Cerys – mae hi wrth ei bodd gyda'r enwogrwydd. Ffoniodd hi wythnos diwetha a dweud ei bod hi wedi bod yn modelu calendr yn y Caribî ...'

'Wneith hi byth newid ...' gwenodd Hywel.

'Na, mae Cerys wastad yn edrych ar ôl Cerys,' dywedodd Lois yn ddidaro. 'A dim ond ein bod ni'n cofio hynny, chewn ni 'mo'n siomi ...'

'Wel, fe ddaeth hi i'r angladd, chware teg iddi,' dywedodd Hywel. 'Ac fe adawodd hi neges ffôn i fi hefyd ryw fis yn ôl yn fy ngwahodd i am benwythnos yn Llundain. Roedd hi ishe mynd â fi i'r clwb yna roedd hi'n stripio ynddo fe. Minx neu rywbeth?'

'Ie, jyst y peth pan ma' rhywun yn galaru!' atebodd Lois.

Chwarddodd Hywel gan edrych ar wyneb pert ei ffrind yn fodlon. Roedd mor falch o fod yn ei chwmni unwaith eto. Roedd Lois fel Meleri. Roedd ganddi'r gallu i wneud i ddyn deimlo'n hapus ac yn gwbl gartrefol. Roedd e'n lwcus iawn i'w chael hi fel ffrind.

'Reit, bydd ishe i ni gael *vaporetto* nawr,' dywedodd Lois wrth iddyn nhw adael y bws â Hywel yn straffaglu â'i fagiau. 'Dere â'r bag 'na i fi,' dywedodd gan gydio yn ei fag llaw.

'*Vaporetto*? Be yw hwnnw?'

'Ma nhw fel bysys rili ond ar y dŵr – ti'n cofio bod Fenis wedi ei adeiladu ar lagŵn wyt ti?'

'Ydw, diolch, neu ddylwn i ddweud, *grazie*?'

'Ti 'di bod yn ymarfer dy Eidaleg?' holodd Lois yn gellweirus wrth iddi ei helpu gyda'i *euros* ac archebu bob i docyn ar gyfer y *vaporetto* iddynt.

'*Un po*'!' dywedodd Hywel yn falch. Roedd e wedi cael gafael mewn llyfr o eirfa Eidaleg syml ond doedd dim llawer o siâp arno'n dysgu ieithoedd. Roedd Meleri fodd bynnag yn ieithydd arbennig, yn rhugl mewn Ffrangeg a Sbaeneg. Byddai hi wedi dysgu Eidaleg yn syth bin.

'Jwmp mewn!' gorchmynnodd Lois wrth i'r *vaporetto* gyrraedd. Edrychodd Hywel o'i gwmpas gan ryfeddu at yr adeiladau prydferth, hynafol a syllai i lawr arnynt o bob cyfeiriad. Roedd yn banorama rhyfeddol.

'O Lois, mae mor hyfryd yma.'

'Fi'n gwybod, mae fel se ti mewn ffilm, bob dydd. Does dim un cornel salw yn Fenis!'

''Bach yn wahanol i Rydaman a Crosshands!' chwarddodd Hywel wrth iddo wasgu ei ben-ôl i mewn i un o seddau prin y *vaporetto*. Syllodd ar yr haid o bobl o'i gwmpas. Roedd e'n synnu bod rheolau iechyd a diogelwch yn caniatáu i'r degau o bobl yma heidio gyda'i gilydd mewn un pentwr o groen a gwaed ar y cwch bychan clogyrnaidd yma!

Roedd yna drigolion brodorol yn gymysg â'r twristiaid ac roedd yn hawdd gweld y gwahaniaeth rhyngddynt. Yn ogystal â chario camerâu a gwisg hetiau haul, roedd y twristiaid, fel yntau, yn edrych o'u cwmpas yn chwilfrydig. Ond roedd y bobl leol wedi hen gynefino ac yn *blasé* iawn am y profiad o fod ar y cwch. Bu bron i Hywel neidio allan o'i groen pan stopiodd y *vaporetto* ag ergyd go drom yn erbyn yr arosfa. Chwarddodd Lois, 'Fe ddei di i arfer â hwnna, does dim byd cynnil am y *vaporetto.*'

✦

'Pa mor bell sy 'da ni i fynd eto?' pwffiodd Hywel. 'Dwi'n rili flinedig!'

''Smo ti wedi arfer â'r holl ddringo 'ma t'wel'. Ma na gymaint o risiau yma, golles i hanner stôn mewn mis!'

'Allwn ni fynd am ddiod rhywle gynta?' holodd Hywel yn obeithiol. Roedd ei geg e'n sych grimp ac roedden nhw wedi bod yn cerdded am filltiroedd. 'Ocê, gallwn ni fynd i far Vittorio, dyw e ddim yn bell o fan hyn,' dywedodd Lois.

'Dyna dy *local* di ife?'

'Wel, mae gen i reswm arall am lico'r bar ...' Cochodd Lois ychydig ac roedd Hywel yn adnabod yr arwyddion yn syth.

'Aha! Ma' rhywun mewn cariad!'

'Ssht! Nagw!' gwenodd Lois yn falch.

'A phwy yw'r dyn lwcus?' holodd Hywel wrth iddo basio sgwâr hynod ddeniadol a chlamp o eglwys hynafol yn arglwyddiaethu arni. Er, roedd pob sgwâr yn edrych yn debyg iddo fe hyd yn hyn.

'Ei enw e yw Vittorio, a fe yw'n landlord ni.'

'Hmm ... Be sy'n digwydd i dy fflat di os ydych chi'n gwahanu?'

'O diolch Hywel! Agwedd bositif iawn! Dwi'n meddwl ei fod e'n ddigon proffesiynol i beidio cael gwared ohonon ni, wel, gobeithio ...' chwarddodd Lois. 'Gwranda, cei di gwrdd â fe nawr, dyma 'i far e.'

Edrychodd Hywel ar y bar â llygad beirniadol. Oedd, roedd yn steilish iawn – wedi'i addurno â chelfi minimalistig a threndi a llwyth o boteli lliwgar a gwydrau costus yr olwg y tu ôl i'r bar. Bach yn rhy uchel-ael a chlinigol i'w chwaeth ef a dweud y gwir. 'Ydy bar Vittorio yn gwerthu cwrw?' Roedd chwant cwrw Peroni arno fe neu gwrw Eidalaidd arall. Wel, *when in Venice* yntefe?

'Wrth gwrs, mae llwyth o ddewis gyda nhw. Cwrw Eidalaidd yw'r cwrw gore. Fe wna i archebu, cer di i eistedd,' dywedodd Lois gan gerdded at y bar.

Sylwodd Hywel ar ddyn tywyll golygus iawn yn ei dridegau canol yn sefyll wrth y bar. Mmm, edrychai fel y *cliché* o *Italian stallion* i Hywel ond gallai weld pam roedd Lois wedi dotio ato wrth iddo'i chusanu'n nwydus. Roedd Hywel yn teimlo fel *voyeur* braidd yn rhythu arnynt o'i fwrdd, felly trodd ei sylw ar y fwydlen ddiodydd ond yn anffodus, roedd y cyfan mewn Eidaleg.

'Vittorio, dyma fy ffrind i, Hywel. Hywel, dyma fy nghariad i, Vittorio,' dywedodd Lois yn swil.

'Neis i gwrdd â chi Vittorio, ymddiheuriadau nad oes gen i fawr o Eidaleg,' dywedodd Hywel yn gwrtais gan ysgwyd llaw Vittorio. Doedd yr Eidalwr yn amlwg ddim yn hoff iawn o ysgwyd dwylo. Ysgydwodd law Hywel mewn ffordd ddigon gwantan ond gwenodd arno'n serchus. 'Neis i gwrdd â chi, Hywel. Roedd yn flin iawn gen i glywed am eich profedigaeth gan Lois … Does unlle gwell i chi ar adeg fel hyn na Fenis.'

'Diolch, mae Lois yn garedig iawn yn fy ngwahodd i i aros. Gobeithio bod dim ots 'da chi fel y landlord?'

'Na, na, mae'n iawn. Mae'n bwysig gofalu am ffrind. A dyw e ddim fel petaech chi'n symud mewn am byth!' chwarddodd Vittorio. 'Yna byddai'n rhaid i mi godi rhent arnoch chi hefyd.'

Gwenodd Hywel ond gwyddai'n iawn nad oedd Vittorio'n hapus iawn ei fod e'n aros gyda Lois. Synhwyrai fod Vittorio yn eitha tiriogaethol. Nefi wen, roedd gan Lois dalent anffodus am ddewis dynion 'cymhleth'. Daniel, y boi priod yna, a nawr yr *Italian stallion*!

Wrth gwrs, doedd Lois heb synhwyro nad oedd Vittorio yn ffan mawr o'i chyfaill penna a chododd ei gwydr mewn llwncdestun, 'I ni ac i haf bythgofiadwy!'

Cododd Hywel ei wydr a dal llygad Vittorio. Gwenodd yn boléit – doedd e ddim eisiau achosi trafferth i Lois a falle fod y boi yn iawn yn y bôn … Chwarae teg, roedd angen ychydig o lwc ar Lois, roedd hi'n haeddu cael hapusrwydd. Edrychodd arni'n gwenu'n falch ar Vittorio –roedd hi'n amlwg dros ei phen a'i chlustiau. Jyst gobeithio na fyddai'r Vittorio yma'n rhoi loes iddi; wel, byddai e yma am 'chydig i gadw llygad arni.

Ffrydiodd yr haul drwy'r bar a'i lenwi â goleuni cynnes – roedd yr awyrgylch mor wahanol yma i gartre. Hyd yn oed cyn ei brofedigaeth ddiweddar, doedd dim cynhesrwydd yng Nghymru oherwydd y tywydd, oedd fel arfer yn ffiaidd. Ond roedd popeth yn bert yma; yn gynnes ac yn brydferth. Gwenodd Hywel wrth iddo lowcio ei gwrw. Oedd, roedd e yn Fenis ac, am y tro cynta ers misoedd, roedd e'n teimlo'n weddol obeithiol.

Pennod 5

Lois (Fis yn ddiweddarach)

Roedd Lois mor hapus o weld Hywel yn gwenu unwaith eto. Roedd hi'n syniad gwych ei wahodd allan i Fenis. Roedd hi wedi derbyn llythyr oddi wrth fam Hywel ryw bythefnos cyn iddo ddod i'r Eidal oedd yn llawn gofid am ei iechyd. Ei fam oedd wedi awgrymu iddo ddod allan at Lois am ychydig ac yn wir, roedd y newid byd wedi helpu llawer tuag at leddfu ei alar. Wrth gwrs, roedd pyliau o hiraeth a dagrau yn dod i'w ran o hyd ond teimlai Lois ei fod e'n gwella'n raddol bach.

Roedd hi'n falch hefyd ei fod e a Catrin yn eneidiau hoff cytûn. Roedd Catrin, chwarae teg, wedi bod yn garedig iawn yn gadael i Hywel aros yn y fflat. Roedd hi dros ei phen a'i chlustiau mewn cariad â boi o'r enw Jack, Sais tal a thawel wnaeth hi ei gyfarfod allan un noson. Treuliai ran helaeth o'i hamser yng nghartre Jack wrth ymyl yr Accademia felly doedd presenoldeb Hywel ddim yn achosi problem iddi o gwbl. A chwarae teg i Hywel, roedd e'n cyfrannu'n hael at y biliau a'r rhent, oedd yn help mawr iddynt ill dwy.

'Jiawch, ma Hywel yn foi grêt,' dywedodd Catrin wrth iddi fwynhau swper pasta a goginiwyd gan eu gwestai un noson. 'Ac mae e'n gogydd ffantastig hefyd.'

'Diolch am adael iddo fe aros yma cyhyd, Catrin,' dywedodd Lois yn ddiolchgar. 'Mae wedi gwneud byd o les iddo.'

'Dim problem. Ond sut mae Vittorio'n teimlo am ein gwestai?'

'Iawn, dwi'n meddwl. Dyw e heb ddweud dim byd. Pam, ti'n meddwl bod yna broblem?'

'Na, jyst bod Vittorio'n eitha traddodiadol, a gallai e fod yn genfigennus fod dyn arall yn aros gyda ti.'

'O, mae'n gwybod mai hen ffrind yw Hywel a'i fod wedi colli ei wraig.'

'Pwy sy ishe bara garlleg?'

Cerddodd Hywel i mewn o'r gegin yn gwisgo ffedog goch lachar a'r geiriau *Kiss the Chef* arni (eiddo i Catrin yn amlwg), yn cario plât â phentwr enfawr o fara garlleg cartref arno tuag at y bwrdd.

'Yffach gols, Hywel. Byddwn ni'n ddigon tew i ganu opera os ti'n cario 'mlaen i'n bwydo ni fel hyn!' gwenodd Catrin wrth iddi gladdu tafell o'r bara garlleg yn ei cheg. 'Mmm. Blasus dros ben!'

'Diolch,' gwenodd Hywel. 'Hoff rysáit Meleri oedd hwnna.'

Edrychodd Lois ar ei wyneb ac roedd yn falch o weld nad oedd cysgod tywyll galar yno mwyach ond cynhesrwydd atgofion chwerw-felys, oedd yn dangos ei fod e'n raddol bach yn dechrau ymdopi â'i sefyllfa. 'Lois? Wyt ti'n ffansïo tafell?'

'Na, dwi'n iawn diolch, Hywel. Dwi'n gweld Vittorio wedyn a dwi ddim ishe drewi o arlleg.'

'Diawl, bydd dim ots 'da fe, mae'r Eidalwyr yn dwlu ar arlleg,' dywedodd Catrin gan sglaffio tafell arall o fara.

'Hywel, wyt ti ffansi dod allan am ddrinc 'da fi cyn i fi weld Vittorio?' holodd Lois wrth iddi godi o'r bwrdd a chario ei phlât gwag yn ôl i'r gegin.

'Ie, pam lai, dwi ffansi peint,' atebodd Hywel. 'Catrin, wyt ti a Jack am ddod hefyd?'

'Na, ry'n ni am gael noson fach dawel yma heno os y'ch chi'ch dau yn mynd allan. Ma Jack ishe i fi ddechre gwylio ffilmiau Eidaleg. Dwi wedi bod yn eitha dioglyd yn ddiweddar yn gloywi'r hen iaith. Ry'n ni am ddechre heno gyda *La Dolce Vita*.'

'Ti'n well na fi,' ebychodd Lois wrth iddi gydio yn ei bag llaw a rhoi ei hesgidiau amdani. 'Dwi'n dal fel rhech er bod Vittorio'n ceisio 'nysgu i.'

'Dwi'n meddwl bod Vittorio yn fwy o arbenigwr ar roi gwersi *amore* na gwersi iaith,' chwarddodd Catrin a gwridodd Lois mewn embaras.

Pesychodd Hywel yn lletchwith cyn ychwanegu, 'Dwi'n meddwl mynd ar gwrs dwys dysgu Eidaleg. Os dwi am aros yma yn y tymor hir, wel, bydd angen i fi ddysgu'r iaith.'

Stopiodd Lois yn stond a gwenu'n falch ar ei ffrind. 'Ti'n meddwl aros yn Fenis?'

'Ydw gobeithio, ond bydd rhaid i fi ffeindio gwaith, dysgu'r iaith a chael fflat i fi fy hun, felly does dim byd yn bendant eto,' chwarddodd Hywel.

'Wel, sdim brys o ran ffeindio fflat,' dywedodd Catrin yn frysiog. 'Ry'n ni'n hapus iawn dy gael di yma fel *chef*!'

'Diolch ferched, ond mae'n bryd i fi ddechre meddwl am ffeindio fy lle fy hun. Chi'n cofio beth ddywedodd Oscar Wilde am ymwelwyr? Ma'n nhw fel pysgod. Ar ôl tridiau yn y tŷ, ma'n nhw'n dechre drewi! Wel, dwi wedi bod yma am fis nawr, ac ma'n rhaid 'mod i'n drewi'n uffernol!'

'Byth!' dywedodd Lois gyda gwên 'Dim ond o arlleg!'

'Wel, dwi wrth fy modd 'da'r newyddion yna,' dywedodd Catrin yn falch. 'Dwi'n siŵr fyddi di'n hapus yma, Hywel.'

'A finne,' ategodd Lois yn llawen. 'Wel, Hywel, ti'n barod am y peint 'na? Gallwn ni drafod dy gynllun di dros ddiod a chael dathliad bach hefyd!' Nodiodd Hywel ac estyn am ei waled a'i allweddi.

Roedd Lois mor falch ei fod e wedi penderfynu aros yn Fenis. Oedd, roedd ganddi Vittorio a Catrin, ond roedd cael hen ffrind mynwesol fel Hywel yn rhan o'i bywyd newydd yn yr Eidal yn wych. Methai ag arose gael dweud wrth Vittorio! Cerddodd y ddau fraich ym mraich tuag at far Vittorio a gwelodd Lois wynebau cyfarwydd yn dod tuag atynt – Elisabetta, mam Vittorio, ac Isabella ei ferch. *Shit*! Gobeithio bydden nhw ddim yn meddwl ei bod hi'n anffyddlon gyda Hywel. Na, roedd hi'n gwenu arni.

'Lois! Hyfryd i'ch gweld chi eto,' cusanodd Elisabetta hi'n gynnes ar ei bochau.

'Haia Elisabetta, hyfryd i'ch gweld chi hefyd. Ac Isabella, shwd mae?'

'Iawn, diolch,' dywedodd Isabella'n boléit ond yn ddigon oeraidd.

'A phwy sy gyda chi fan hyn?' Trodd Elisabetta at Hywel gan estyn ei llaw.

'Dyma Hywel, hen ffrind ysgol sy'n aros gyda ni ar hyn o bryd.'

'Hyw-el, neis i gwrdd â chi. Nawr 'te Lois, roedd gen i asgwrn i grafu gyda chi, fy merch i. Roeddwn i wedi gobeithio y gallech chi fod wedi dod i barti pen-blwydd Isabella ni yn un ar bymtheg oed yr wythnos diwetha.'

'Parti?' edrychodd Lois mewn penbleth ar y ddwy. 'Ie, ond dywedodd Vittorio bo' chi'n brysur gyda gwaith,' dywedodd Elisabetta gan siglo'i phen yn ddramatig a ffugio tristwch lleddf.

Doedd Lois ddim eisiau dangos i Elisabetta ac Isabella nad oedd ganddi syniad am y parti a cheisiodd guddio'i hembaras.

'Mae'n ddrwg iawn gen i, dwi am roi anrheg fach i Vittorio 'i roi i ti, Isabella.' Gwenodd Isabella arni ond doedd dim cynhesrwydd yn y wên; yn amlwg doedd hi ddim yn credu gair o enau Lois ac yn amlwg yn gweld bai arni am beidio â dod i'r parti.

'Wel, wna i faddau i chi tro 'ma a dewch draw yn fuan am swper ryw noswaith; wna i drefnu gyda Vittorio,' gwenodd Elisabetta cyn ei chofleidio drachefn.

'Diolch Elisabetta.'

Blydi Vittorio, pam ffyc oedd e heb ei gwahodd hi i'r parti? Yn amlwg, doedd e ddim o ddifrif am eu perthynas o gwbl!

✦

Ddwy awr yn ddiweddarach roedd Hywel a Lois yn eitha meddw ym mar Vittorio ac roedd Lois yn dal yn ddig â'i sboner.

'Fel hyn mae e Hywel, yn gyfrinachol, dyw e ddim ishe i fi i fod yn rhan o unrhyw ddigwyddiadau teuluol, mae hynny'n amlwg. Wnes i ofyn iddo fe allen i gael cyfle i adnabod Isabella yn well wythnos diwetha a wnaeth e weud rhyw rwtsh bod hi yng nghanol ei harholiadau. Bydde'r parti pen-blwydd wedi bod yn gyfle perffaith i fi ddod i'w hadnabod hi'n well.'

Esgus arall oedd ganddo fe Vittorio oedd nad oedd Isabella wedi cwrdd ag un o'i gariadon e o'r blaen ac roedd e eisiau ei 'pharatoi' hi at y ffaith ei fod e a Lois o ddifri achos roedd 'Issy yn ferch sensitif iawn'. Roedd Lois wedi dotio'n lân pan oedd e wedi dweud hyn ryw wythnos yn ôl wedi sesiwn garu danbaid. Er doedd e'n dal heb ddweud wrthi ei fod yn ei charu hi. Roedd ei gyn-wraig yn amlwg wedi ei frifo; roedd wedi cyfaddef i Lois mai'r rheswm am eu tor-priodas oedd oherwydd ei bod hi wedi bod yn anffyddlon gyda'i bartner busnes e. Ac ers hynny, doedd e heb gael un berthynas o bwys. Roedd yn amlwg fod angen amser arno i ymddiried yn llwyr mewn menyw arall, dyna oedd Lois wedi ei feddwl bryd hynny. Nawr gwyddai ei bod hi'n ffŵl i gredu eu bod nhw'n 'ddifrifol' o gwbwl.

'Gwranda, Lois, well i ti gael sgwrs gyda'r boi yn gynta cyn i ti golli dy limpyn yn llwyr. Falle bod rheswm da gyda fe ...' Roedd Hywel wastad mor rhesymol a chall meddyliodd Lois wrth iddo ddrachtio'i gwrw Peroni'n hamddenol.

'Wel, y'n ni eisoes wedi cwympo mas unwaith amdano fe'n cwato pethe am ei deulu wrtho i,' dywedodd Lois, 'ac mae'n gwybod yn iawn fydden i ddim yn hapus 'mod i heb gael gwahoddiad i'r parti. Ond ti'n iawn, wna' i aros i glywed beth yw'r esgus tro 'ma cyn dechre gweiddi.'

'Call iawn,' dywedodd Hywel. 'Ma Vittorio yn eitha henffasiwn bydden i'n meddwl a falle bod angen cic lan ei ben-ôl arno fe i fihafio fel dylai fe.'

Roedd hi'n eitha amlwg nad oedd Hywel yn hoffi Vittorio ryw lawer. Synhwyrai Lois ryw oerfel yn ei lais pan oedd e'n sôn amdano. Efallai nawr, ar ôl cwpwl o beints, y byddai'n barod i rannu ei wir deimladau gyda hi.

'Hywel, beth yw dy farn onest di am Vittorio?'

'E?' Oedodd Hywel fel cymeriad cartŵn yn dal ei wydr yn yr awyr yn syn.

'Dwi'n synhwyro nad wyt ti'n rhyw or-hoff ohono fe.'

'Wel, dwi heb siarad ag e'n iawn ti'n gwybod, felly alla i ddim dweud rhyw lawer. Dim ond ei fod e'n dy drin di'n dda a dy wneud di'n hapus, dwi'n hapus.'

Doedd Lois heb ddweud wrth Hywel yn iawn beth ddigwyddodd yn y swper gyda rhieni Vittorio; roedd hi'n gwybod na fyddai ei ffrind yn hoffi'r ffaith bod Vittorio wedi celu'r fath wybodaeth am ei deulu. Roedd hi eisiau i Hywel hoffi Vittorio; wedi'r cwbl, heblaw am ei thad, dyma'r ddau ddyn pwysica yn ei bywyd hi. Trueni nawr ei fod e'n gwybod am saga parti pen-blwydd Isabella.

'Diplomatig iawn,' chwarddodd Lois. 'Ocê, newn ni

newid y pwnc a siarad am dy ddyfodol di yn Fenis nesa. Ti ishe drinc arall? Fy rownd i yw hi.'

'Ie, plis, Peroni bach.'

Aeth Lois i'r bar oedd erbyn hyn yn orlawn o bobl. Aeth deng munud heibio ond doedd hi damed nes at gael y diodydd. Roedd hi bron ag awgrymu i Hywel y dylen nhw symud 'mlaen i rywle arall, pan deimlodd freichiau cryfion o'r tu ôl iddi'n gafael amdani a'i gwasgu'n dynn. Trodd a gweld Vittorio'n gwenu arni. Cusanodd e hi'n falch. Ond tynnodd Lois i ffwrdd; doedd e ddim yn mynd i sleifio allan o'r ddadl yma trwy ddefnyddio rhyw fel gwnaeth e'r tro diwetha yng ngardd ei rieni.

'Hei, sut oedd Isabella heno?' Roedd e wedi dweud wrthi ei fod yn cael swper gyda'i ferch cyn ymuno â hi am ddiod.

'O iawn. Ti'n gwybod sut rai yw merched yr oedran yna. Dim diddordeb yn ei thad ac ishe siarad am ffasiwn a bechgyn.'

'Dyna beth od achos pan weles i hi a dy fam di gynne, o'n nhw ishe siarad am barti pen-blwydd Isabella yn un ar bymtheg a'r ffaith 'mod i heb drafferthu dod i'r dathliad!'

Ha! Nawr 'te, beth fyddai'r esgus y tro yma? Wnaeth e ddim oedi, ac roedd ei ateb yn llyfn a chredadwy fel arfer.

'O, wel, o'n i'n mynd i dy wahodd di, ond a bod yn onest, gan fod mam Isabella'n mynd i fod yno hefyd, o'n i'n meddwl fyddai pethe 'bach yn lletchwith, a diwrnod Isabella oedd e i fod.'

'Dwi'n siŵr bod mam Isabella yn ddigon hen ac aeddfed i fedru ymdopi â'r ffaith bod ei chyn-ŵr wedi symud ymlaen bum mlynedd ers ysgaru. Jyst gwed y gwir, Vittorio, y'n ni ddim o ddifri fel cwpwl a dyna pam wyt ti'n fy nghadw i oddi wrth dy deulu di.'

'Pe bydde hynny'n wir, bydden ni heb drafferthu mynd â ti am swper at Mam a Dad,' dywedodd Vittorio gan geisio ei chusanu. Ond doedd Lois ddim yn llyncu'r abwyd.

'Ie, ond dim ond unwaith oedd hynna! Dwi jyst ddim yn lico ti'n cuddio pethe wrtho i Vittorio. O'n i'n teimlo'n real ffŵl o flaen dy fam ac Isabella – unwaith eto!'

'Mae'n ddrwg gen i, dwi jyst ddim wedi arfer cael rhywun yn fy mywyd i sy ishe rhannu amser gyda fy nheulu,' dywedodd Vittorio gan edrych i fyw ei llygaid. 'Mae fy nghariadon yn y gorffennol wedi bod yn ferched eitha arwynebol a hunanol sy ddim ishe bod yng nghwmni merch un ar bymtheg oed na dynes yn ei chwedegau fel Mam.'

'Wel, dwi ddim fel y merched yna, dwi ishe bod yn rhan go iawn o dy fywyd di, Vittorio.'

'A dyna pam rwyt ti mor arbennig,' dywedodd Vittorio gan ei gwasgu hi tuag ato a'i chusanu.

Teimlodd Lois y chwant arferol yn ffrydio trwy ei chorff wrth iddo ei chusanu; damo fe, roedd e'n gwybod yn iawn sut i'w swyno hi bob tro.

'Nawr 'te, dere i ni gael noson fach neis. Beth wyt ti ishe i yfed? *Rum* a Coke ife?' gwenodd Vittorio gan fwytho'i boch yn gariadus.

Doedd hi ddim wedi maddau iddo'n llawn ond doedd dim pwynt creu cythrwfl yn gyhoeddus nac o flaen Hywel chwaith. 'Ie plis, a Peroni i Hywel.'

'Ma Hywel yma?'

'Ydy, sdim ots 'da ti oes e? O'dd e'n cadw cwmni i fi nes bo' ti'n barod. O'n i'n meddwl bydde fe'n neis petait ti a fe'n dod i nabod eich gilydd yn well.'

Roedd Vittorio eisoes wedi tynnu sylw'r gweinydd wrth y bar oedd yn paratoi eu diodydd iddynt. 'Pam? Mae e'n mynd adre cyn hir on'd yw e?'

'Wel, na, mae e wedi penderfynu aros yma a cheisio cael gwaith.'

'Hmm ...' oedodd Vittorio wrth iddo drefnu eu diodydd yn gelfydd. Doedd dim angen PhD mewn seicoleg i ddeall nad oedd Vittorio'n hapus â'r newyddion hyn.

'Beth yw'r broblem? Dwi wrth fy modd fod Hywel yn teimlo'n ddigon da i feddwl am ddechrau bywyd newydd o gwbwl. Wyt ti'n deall beth mae e wedi bod drwyddi?' Roedd Vittorio'n gallu bod yn dwat hunanol weithiau! Yn amlwg, roedd e'n genfigennus o'i pherthynas agos â Hywel ond doedd dim eisiau iddo fod. Petai hi'n ferch wahanol, yn ferch fel Cerys, er enghraifft, byddai'n falch ei fod yn eiddigeddus, ond doedd hi ddim. Roedd hi eisiau iddi hi a Vittorio a Hywel fod yn gyfeillion mynwesol a nawr roedd Vittorio'n sbwylio pethe gyda'i genfigen ffôl.

'Wel, dwi'n meddwl y dylai Hywel symud allan o'r fflat cyn gynted â phosibl. Mae rheolau tân ac ati'n golygu na ddylai e fod wedi aros yna am fwy na chwpwl o wythnose mewn gwirionedd,' dywedodd Vittorio'n bwyllog. 'Fflat i ddau berson yw e, nid tri. Ac mae'n bryd iddo sefyll ar ei draed ei hun. Fedri di ddim ei fabïo fe am byth!'

'Be sy'n bod arnat ti Vittorio? Mae'r boi wedi colli ei wraig a'i blant! Ac mae e wedi dweud ei fod e am ddechre chwilio am fflat wythnos nesa,' dywedodd Lois yn isel wrth iddi gerdded 'nôl tuag at y bwrdd lle roedd hi a Hywel yn eistedd. Beth oedd yn bod ar Vittorio? Roedd e'n afresymol iawn heno.

'Does 'na ddim problem 'te!' dywedodd Vittorio'n ysgafn.

'Hywel,' gwenodd Vittorio ar Hywel ond roedd Lois, yn adnabod ei chariad yn eitha da erbyn hyn, a sylwodd nad oedd yna gynhesrwydd yn y wên.

'Vittorio,' gwenodd Hywel yn ôl yr un mor dila. Yffach, doedden nhw ddim yn hoffi ei gilydd o gwbl. Dynion! Roedden nhw'n waeth na merched. Wel, roedd Lois yn benderfynol fod y ddau yn mynd i gyd-dynnu, neu byddai pethau'n anodd iddi hi gan ei bod hi eisiau i'r ddau fod yn rhan bwysig o'i bywyd hi.

'Ma Lois newydd sôn wrtha i am dy gynlluniau i aros yn Fenis, Hywel.'

'Newyddion gwych, ondife?' gwenodd Lois yn awgrymog ar Vittorio.

'Wel, mae'n eitha anodd cael gwaith yma heb sgiliau iaith neu gymwysterau addas,' dywedodd Vittorio'n bwyllog. 'Beth wyt ti am ei wneud fel bywoliaeth Hywel?'

'Wel, dwi am fynd ar gwrs iaith dwys ac yna cwrs TEFL fel gwnaeth Lois, i ddysgu Saesneg yma.'

'Ie, os galla i gael swydd yma, mae gobaith i bawb! Ac mae gan Hywel ddigon o brofiad dysgu eisoes,' dywedodd Lois yn frwd.

'Oes digon o arian gyda ti yn y cyfamser?' holodd Vittorio eto. 'Mae Fenis yn lle drud os nad oes cyflog yn dod mewn am dipyn.' Synhwyrodd Lois nad oedd Hywel yn hoffi ei fod e'n busnesu fel hyn a dywedodd yn gyflym,

'Busnes Hywel yw hynny Vittorio; rwy'n siŵr fod popeth dan reolaeth. A does dim brys symud allan o'r fflat o's e?' Ha! Dysgai hi fe Vittorio i fod yn eiddigeddus fel hyn.

'Dwi'n siŵr fod Hywel yn deall fod yna reolau tân ac ati sy'n golygu nad oes modd iddo aros yn y fflat am byth.' Cyneuodd Vittorio sigarét a gwenu eto ar Hywel.

Gwenodd Hywel yn ôl. 'Dim problem, dwi am ddechrau chwilio fory.'

'Vittorio, ma cysylltiadau gyda ti yn y busnes rhentu, oes 'na fflat addas fedri di argymell?' Gwenodd Lois arno ond roedd ei llygaid yn dangos ei bod hi eisiau iddo wneud mwy o ymdrech gyda Hywel. Y twlsyn! Pam oedd e'n ceisio perswadio Hywel i fynd adre? Y peth diwetha oedd ei angen arno fe oedd mynd yn ôl i Gymru a'i ofidion annioddefol am Meleri.

'Mi wna i holi o gwmpas,' dywedodd Vittorio'n esmwyth gan roi ei fraich o amgylch Lois yn diriogaethol. 'Nawr, dwi'n siŵr na fydd ots 'da Hywel 'mod i'n dy herwgipio di am y noson; mae gen i botel o siampên yn barod i ni'n dau yn y fflat.'

Simsanodd Lois wrth i'w ddwylo grwydro o dan y bwrdd a bodio'i choes yn farus.

'Hywel? Fyddi di'n iawn yma ar dy ben dy hun?'

'E?' roedd Hywel yn rhy brysur yn llygadrythu ar rywbeth y tu ôl iddynt. Trodd Vittorio i weld beth oedd wedi tynnu ei lygad.

'Aha, falle na fydd Hywel yn unig heno wedi'r cwbwl ...'

Crechwenodd Vittorio wrth orffen drachtio ei beint. Yna, gwelodd Lois beth oedd wedi tynnu sylw'r ddau ddyn. Na, nid hi oedd hi ... Ife? O, Dduw ie, roedd hi yma yn Fenis! Ond sut ddiawl ...?

'Lois! O, dwi mor falch dy weld di!' A chyn iddi gael cyfle i ddweud dim byd, roedd Cerys wedi ei gwasgu'n dynn i'w mynwes mewn cofleidiad cwbl dros ben llestri.

✦

Cerys (Yr un pryd)

Roedd Cerys yn hapus iawn o weld Lois. Er bod ei hen ffrind yn medru bod yn sgwâr ar brydiau, roedd hi wastad yno iddi mewn argyfwng. Yn dilyn y ffrwgwd yn y clwb nos, lle cafodd Cerys gyfergyd a thorri ei thrwyn diolch i'r hwch wyllt wnaeth ei tharo, dirywio wnaeth ei phroffil yn y cyfryngau. Hi oedd y slwten wnaeth geisio chwalu priodas Rhys a'i wraig berffaith a chynyddu wnaeth y llythyron cas at ei hasiant yn ei chyhuddo o fod yn hwren tsiêp. Roedd hi'n ofni mynd allan yn Llundain, hyd yn oed mewn cuddwisg, yn dilyn y ffrwgwd.

Roedd Rufus ei hasiant wedi bod yn bragmatig iawn, 'Ti 'di cael dy bymtheg munud o enwogrwydd, cyw, ac mae digon o arian gyda ti yn y banc i bara sawl blwyddyn os wyt ti'n ofalus. Dyna fel mae'r busnes yma, un funud ti yw'r ffefryn, a'r funud nesa, ti yw'r baw ar eu sodlau. Cymer brêc bach a falle gallwn ni gael gwaith modelu i ti yn y *Sport* neu rywbeth pan ddei di 'nôl.'

Gwaith modelu yn y *Sport*? Y *Sunday Sport*?! Oedd e'n wallgo? Roedd hi'n fodel *FHM* a *GQ*, nid rhyw racsyn o bapur brwnt fel yna! Doedd dim ots ganddi fodelu i *Page 3* eto; roedd *Page 3* yn eiconig. Ond doedd Rufus ddim yn meddwl y byddai'r *Sun* yn ei chyffwrdd nawr. 'Er y bŵbs, ma'r *Sun* yn bapur teulu a dy'n nhw ddim ishe model sy 'di bod yn cwffio mewn clwb ac sy'n *public enemy number one* gyda'r gwragedd a'r merched.'

Bu Cerys yn pendroni'n hir beth ddylai ei wneud nesa ac yna cofiodd am Lois ac am Fenis. Roedd ganddi ddigon o arian i dreulio sawl mis yno, a gallai wastad gael swydd mas yna; wedi'r cwbl, os oedd Lois wedi medru cael swydd, gallai Cerys yn sicr gael rhywbeth. Ac roedd Fenis yn apelio am sawl rheswm; rhywle newydd nad oedd yn gyfarwydd â'r sgandal, gwres, prydferthwch, dynion Eidalaidd secsi ... Ac yn wir, wrth iddi edrych ar y dyn a eisteddai wrth ochr Lois, roedd yna sbesimen go arbennig o flaen ei llygaid nawr. Pwy oedd yr Adonis hwn? Doedd bosib bod Lois wedi llwyddo i rwydo pishyn fel hyn?

'Beth ddiawl wyt ti'n neud yma Cerys?' Roedd Lois yn dal i syllu'n syn arni. 'A shwd ddest ti o hyd i ni?'

'Wnes i alw yn dy fflat di a wedodd dy ffrind di, Catrin, ife, y byddech chi yma … Doedd dim angen bod yn Miss Marple i ffeindio chi wedyn! Beth sy'n bod? 'Smo ti'n hapus i weld dy hen ffrind?' chwarddodd Cerys wrth iddi gynnau sigarét yn fodlon.

'Wrth gwrs 'mod i,' dywedodd Lois, 'Ond gallet ti wedi dweud dy fod ti'n dod mas 'ma.'

'Ie, Cerys, o'n i'n meddwl bo ti'n brysur yn byw bywyd seléb a model fyd-enwog erbyn hyn,' gwenodd Hywel yn bryfoclyd.

'Wel, dwi wedi bod yn brysur iawn yn ddiweddar ac i fod yn onest, ces i ddigon ar y *paparazzi*'n fy nilyn i rownd trwy'r amser. O'n i'n dechre teimlo fel Princess Di! Ac o'n i ishe gweld chi'ch dau, felly dyma gyfle gwych i gael gwylie a chael amser da gyda fy hen ffrindie. Ac i wneud ffrindie newydd wrth gwrs,' gwenodd Cerys ar y dyn Eidalaidd rhywiol wrth ochr Lois. 'A phwy sy gyda ti fan hyn, Lois?'

'Vittorio, dyma fy hen ffrind i, Cerys. Cerys, dyma Vittorio, fy nghariad i.' Gwridodd Lois ychydig, yn amlwg roedd y berthynas yn dal yn weddol newydd, meddyliodd Cerys. A doedd hi ddim am fod yn gas, ond roedd Vittorio allan o *league* Lois mewn gwirionedd.

'Neis i gyfarfod â chi Vittorio,' mwmiodd Cerys gan geisio osgoi bod yn rhy fflyrti – doedd hi ddim eisiau digio Lois trwy fod yn rhy ewn gyda'i chariad. Ond jiawch, roedd e'n bishyn a hanner. Tal, tywyll a wyneb ddim yn annhebyg i Johnny Depp, yr actor. Roedd Lois wedi gwneud yn rhyfeddol o dda. Roedd yn amlwg fod digon o arian gyda hwn hefyd achos roedd e'n gwisgo crys du a jîns Armani.

'Wna i nôl diod i chi Cerys,' dywedodd Vittorio mewn Saesneg perffaith ond â thinc Eidalaidd hynod rywiol. Roedd hwn yn lot gormod o ddyn i Lois fach. Rhaid ei fod e'n 35 o leia ac roedd hi'n siŵr y byddai fel llew rhwng y cynfasau. Doedd hi heb gael rhyw gydag Eidalwr o'r blaen ond gobeithiai y câi'r cyfle yn o fuan. Na, doedd hi ddim am drio dim byd gyda Vittorio er parch i Lois, ond os oedd brawd gyda fe … 'O, ie plis, G a T. Wna i roi arian i chi nawr …'

Dechreuodd Cerys dwrio yn ei phwrs arian er y gobeithiai y byddai Vittorio'n ddigon o ddyn bonheddig i brynu diod iddi. 'Na, na, ma hwn gen i,' dywedodd Vittorio gan fynd tuag at y bar.

'Yffach gols, Lois! Sut rwydest ti Johnny Depp fan 'na?' chwarddodd Cerys wrth iddynt wylio Vittorio wrth y bar.

'Paid newid y pwnc, dwi ishe gwybod mwy am dy hanes di, miledi,' siarsiodd Lois.

'A dwi ishe gwybod mwy am hanes Vittorio. Oes brawd 'da fe?' gwenodd Cerys yn gellweirus.

'Nac oes,' dywedodd Lois. 'Nawr 'te misus, paid ag osgoi pethe trwy siarad am Vittorio. Dwi ishe gwybod y gwir reswm dest ti allan yma. Dwi ddim yn credu bo ti wedi colli fi a Hywel cymaint bo ti methu byw hebddon ni …'

Ebychodd Cerys, 'Wel, o'n i ishe'ch gweld chi'ch dau, ond i fod yn onest, dyw'r enwogrwydd yma ddim yn fêl i gyd. Ces i ergyd gan ryw hwch dew mewn clwb rhyw fis yn ôl a thorrodd hi 'nhrwyn i. Jyst achos 'mod i wedi amddiffyn fy hun gan fod ei chariad hyll hi wedi gwasgu 'nhin i. Dyw enwogrwydd ddim fel switsh y'ch chi'n gallu diffodd, ma' 'na wastad rhywun yn gwylio, yn beirniadu ... Ac o'n i jyst ishe dianc.' Roedd hi'n anodd dweud celwydd wrth Hywel a Lois; roedd y ddau yn ei hadnabod mor dda. Ond gwyddai fod calonnau meddal y ddau yn mynd i'w chroesawu yn y pen draw.

'Mmm,' dywedodd Hywel yn feddylgar. 'Beth o't ti'n disgwyl yn gwerthu stori *kiss and tell*? Dwyt ti ddim yn mynd i gael popeth ar dy delerau di ti'n gwybod.'

'Wel, ces i 'nghynghori i werthu'n stori wedi i'r *paparazzi* gyhoeddi'r llun cynta yna ohono i a Rhys; man a man i fi wneud arian o'r stori yn hytrach na'r *paps*. Ond wrth edrych 'nôl, wnes i gamgymeriad mawr.' Nawr, roedd hwnna'n gelwydd rhonc; roedd hi'n falch dros ben ei bod wedi gwneud y stori *kiss and tell*, a £100k yn y banc o'i herwydd. Ond gwyddai na fyddai Lois a Hywel yn gwerthfawrogi hynny.

Dychwelodd Vittorio i'r bwrdd gyda'i diod. *Shit!* Doedd hi ddim eisiau i'r Eidalwr feddwl ei bod yn hwren. Ceisiodd newid y pwnc. 'Ond dyna'r gorffennol; dwi ishe symud 'mlaen. Pwy a ŵyr? Falle galla i gael gwaith yma a dechre bywyd newydd hefyd?'

'Pa waith sydd gennych mewn golwg, Cerys?' holodd Vittorio wrth gynnau ei sigarét iddi.

'Wel, mae digon o arian gen i i gael gwylie bach o ryw fis neu ddau. Mae fy asiant am drefnu cwpwl o gyfarfodydd i fi gyda rhai o'r cylchgronau mawr mas fan hyn i fi gael gwaith modelu. Ond 'sdim brys ar hyn o bryd.' Roedd Rufus wedi awgrymu cwpl o enwau cylchgronau *glamour* Eidalaidd iddi, ond doedd e heb drefnu unrhyw gyfarfodydd. Beth bynnag, doedd dim eisiau i neb arall wybod hynny. Roedd digon o arian ganddi am dipyn a doedd Cerys ddim yn poeni am yfory; byw yn y funud oedd yn bwysig iddi hi.

'Cofia Cerys, does dim lle 'da fi i ti aros yn anffodus achos ma Hywel yn aros gyda fi ac ma gen i fflat-mêt hefyd.'

'Paid poeni Lois, o'n i'n meddwl byddet ti'n llond dop a dwi wedi bwcio ystafell mewn gwesty bach neis yma – y Cipriani?'

Doedd Lois a Hywel heb glywed am y gwesty pum seren moethus ond roedd Vittorio'n gyfarwydd iawn â'r gwesty eiconig, y gorau yn Fenis. Roedd Cerys wedi darllen am y Cipriani yn *Vogue* beth amser yn ôl, a dyna lle roedd sêr fel Sophia Loren a Liz Taylor yn aros pan oedden nhw yn y ddinas. A phe bai'r *paps* yn digwydd dod o hyd iddi yn yr Eidal, o leia gallai ddangos iddynt nad oedd hi'n cuddio mewn rhyw dwll di-nod. Roedd hi'n seléb ac roedd selebs yn aros yn y Cipriani. Gobeithiai fodd bynnag byddai 'chydig o arian ganddi i brynu fflat yn Fenis petai'n penderfynu setlo yma. Roedd hi wedi rhoi ei fflat newydd yn Primrose Hill yn Llundain ar y farchnad a dylai hwnnw werthu'n ddigon cyflym yn ôl yr asiant tai.

'Bydd eich arian chi'n mynd fel dŵr yn y Cipriani!' chwarddodd Vittorio. 'Ond dwi'n licio'ch steil chi, Cerys.'

'Dwi'n lico'r gorau,' gwenodd Cerys.

'Ydy, mae Cerys yn *high maintenance* iawn,' chwarddodd Lois, yn amlwg nawr wedi cynefino â'r sioc o gael ei hen ffrind yn ôl yn ei bywyd.

'A beth yw dy gynllunie di, Hywel?' holodd Cerys. Roedd hi'n falch o weld fod Hywel yn edrych yn dipyn iachach na phan welodd hi fe yn yr angladd.

'Dwi am aros yma am dipyn hefyd,' dywedodd Hywel. 'Gwneud cwrs dysgu Saesneg a chael fflat ...'

'W, gallen ni fod yn fflat-mêts!' chwarddodd Cerys. 'Mmm ...'

'Paid poeni, dwi ddim yn meddwl bydden ni'n fflat-mêts da iawn,' dywedodd Cerys. 'Dwi'n ormod o *party animal* i Hywel druan.'

'Chi'n gwybod beth, dyma'r tro cynta i ni'n tri fod allan gyda'n gilydd ers gadael Aber,' dywedodd Lois mewn syndod.

'Chwe blynedd,' dywedodd Hywel yn feddylgar, yn amlwg yn meddwl am Meleri.

'A nawr, r'yn ni yn Fenis!' gwenodd Cerys wrth iddi godi i'r bar. 'Dwi'n meddwl bod hyn yn gofyn am ddathliad a photel go dda o siampên!'

'Gadewch i fi,' dywedodd Vittorio yn gwrtais gan godi o'i sedd.

'Na, dwi ddim am gymryd mantais, Vittorio,' cydiodd Cerys yn ei fraich a theimlodd ias o drydan fel bollt yn ei chyffwrdd. O, roedd hi'n ffansïo'r boi yma'n uffernol ond roedd yn rhaid iddi gofio taw sboner Lois oedd e.

'Wna i ddod i'ch helpu chi 'te,' gwenodd Vittorio gan lygadu ei bronnau wrth iddyn nhw gerdded at y bar gyda'i gilydd. Roedd hi'n falch ei bod wedi gwisgo ei ffrog fini goch Prada y noson honno.

'Wel, Cerys, wnaeth Lois ddim sôn bod ganddi ffrind sy mor brydferth. Ydych chi'n fodel?'

'Ydw, sut o'ch chi'n gwybod?' gwenodd Cerys arno – roedd hi'n amhosib peidio fflyrtio gyda hwn; bwriodd olwg draw at y bwrdd ond roedd Lois yn brysur yn siarad â Hywel.

'Mae'n eitha amlwg,' chwarddodd Vittorio wrth ei hasesu o'i chorun i'w sawdl. 'Nawr, wna i gael y siampên 'na i ni, gan mai fy mar i yw hwn. Mae'n bleser gen i wneud er mwyn eich croesawu chi i Fenis.'

O, felly roedd cariad Lois yn ddyn busnes llwyddiannus hefyd 'te? Roedd y bar yma yn amlwg ar gyfer y crachach yn hytrach na'r *prols*, meddyliodd Cerys wrth iddi nodi'r seddau lledr drudfawr a'r ffordd gynnil a chostus roedd y lle wedi ei addurno.

'Diolch, Vittorio, rydych chi'n garedig iawn.'

'Ac os galla i wneud *unrhyw beth* i'ch gwneud chi'n gyfforddus tra byddwch chi'n aros yn Fenis; dyma 'ngharden i,' gwenodd Vittorio gan roi ei garden busnes yn ei llaw.

'Wna i gofio hynny,' dywedodd Cerys yn awgrymog gan roi'r garden yn ei bag cyn tynnu sigarét arall allan o'i phecyn. Cyn iddi gael cyfle i chwilio am daniwr, roedd

Vittorio yno'n barod yn cynnau ei sigarét. Rhoddodd ei dwylo o amgylch ei law a syllu i'w lygaid tywyll; roedd atyniad go bwerus yma!

Yffach, roedd y boi'n *player* heb os, ac wedi ei gwneud hi'n amlwg ei fod e eisiau cysgu gyda Cerys! Druan o Lois; doedd hi Cerys ddim am gysgu gyda Vittorio eto – wel, doedd hi ddim am ypsetio ei ffrind gorau a hithau newydd lanio mewn dinas ddieithr, ond roedd Vittorio yn yffach o bishyn. Wrth iddi gerdded yn ôl o'r bar a'r Eidalwr golygus yn ei dilyn gyda'r siampên, gwenodd iddi hi ei hunan gan wybod ei fod yn llygadu ei phen-ôl yn y ffrog Prada gwta. Ac nid fe oedd yr unig un. Sylwodd fod y rhan fwya o'r dynion wrth y bar yn ei llygadu hefyd. O, roedd hi'n dwlu ar Fenis yn barod …

✦

Hywel (Yr un noson)

Teimlai Hywel yn hynod bositif ar ôl penderfynu gwneud Fenis yn gartre newydd iddo. Duw a ŵyr beth fyddai ei fam yn ei feddwl, ond roedd ganddo deimlad y byddai'n deall ei resymau. Ac wrth gwrs, pan fyddai wedi setlo'n iawn, gallai ddod allan i aros gyda fe a gweld gogoneddau Fenis drosti hi ei hun.

Roedd y dolur a deimlai o golli Meleri yn dal i dynnu ar ei ysbryd, ond gwyddai y byddai wedi mynd yn ynfyd petai e wedi gadael i'w cholli ddinistrio ei fywyd. Un o'r pethau y carai cymaint amdani oedd ei chwant hi am fywyd; cofiai hi'n dweud droeon, 'Mae'n wyrth ein bod ni yma o gwbwl Hywel, rhaid i ni wneud y gorau o bob cyfle.' A gwyddai y byddai hi'n hapus ei fod e'n ail-gydio yn ei fywyd. Roedd llawer o'r diolch am hynny i Lois a'i chymeriad heulog a phositif, a oedd wedi ei helpu fwy na fyddai hi'n ei wybod. Gwyliodd hi'n aros wrth y bar yn ddiamynedd a gwenodd; doedd amynedd ddim yn un o gryfderau ei ffrind. Ond roedd hi'n driw ac yn meddwl am eraill bob amser. Gobeithiai'n wir na fyddai'r Vittorio yna'n rhoi loes iddi. Roedd ganddo deimlad drwg am yr Eidalwr, a phan wnaeth Lois ei holi'n gynharach am ei deimladau amdano, bu bron iddo gyfaddef wrthi nad oedd yn ei hoffi o gwbl. Roedd yn edrych fel petai 'tro yn ei gwt e' fel byddai ei fam yn dweud. Ac doedd y ffaith ei fod am gadw ei ferch ar wahân oddi wrth Lois ddim yn argoeli'n dda yn ei farn e. Os oedd Vittorio o ddifrif am Lois, oni fyddai ewedi cyflwyno'r ferch iddi erbyn hyn? A dim ond unwaith roedd hi wedi cael gweld ei rieni; roedd rhyw ddrwg yn y caws yn rhywle.

Roedd Vittorio yn gwbl wahanol i Hywel wrth gwrs; edrychai'r Eidalwr fel model yn ei ddillad Armani, roedd yn hynod garismataidd a golygus ac yn llawn hyder gyda merched. Ai eiddigedd oedd yn achosi iddo ei farnu fel hyn? Wrth iddo bendroni, ymddangosodd y Diafol ei hun wrth y bwrdd.

'Hywel, sut wyt ti?'

'Haia Vittorio. Iawn diolch. Ma Lois wrth y bar.'

Doedd e ddim eisiau cael sgwrs wag gyda Vittorio, a gobeithiai y byddai'n mynd i'r bar at Lois yn syth. Ond na, eisteddodd Vittorio wrth ei ochr a phwyso'n agos tuag ato gan fod meddwdod gwesteion y bar yn fyddarol erbyn hyn.

'O'n i eisiau cael gair gyda ti, ta beth Hywel ... am y fflat ...'

'O ie?' Be' oedd hwn yn mynd i'w ddweud nawr 'te? Oedd e eisiau dechrau codi rhent arno fe? Roedd e wedi rhoi arian i Lois at ei gadw yn wythnosol ac wrth gwrs, roedd e'n bwriadu ffeindio ei fflat ei hun maes o law.

'Ie, mae'r rheolau tân yn anffodus yn golygu bod yn rhaid i fi ofyn i ti symud allan; rhywbeth dros dro oedd e i fod ond mae amser yn tician yn ei flaen on'd yw e?' Cyneuodd Vittorio sigarét a syllu ar Hywel yn ddiemosiwn.

'Wel, dwi ddim ishe cymryd mantais; mi symudai allan cyn gynted ag y medra i.'

'Gwych. Dwi'n gwybod fydde Lois ddim yn gartrefol yn dweud hyn wrthot ti a dwi'n falch ein bod ni'n deall ein gilydd. Rwy'n siŵr bod dy fam yn dy golli di.' A gyda hynny cododd Vittorio a mynd at y bar gyda golwg fodlon ar ei wyneb.

Lois ddim yn gartrefol – pwy ffyc o'dd y twlsyn ma'n meddwl o'dd e'n dweud wrtho fe, oedd wedi adnabod Lois ers pymtheng mlynedd, am deimladau ei ffrind penna? Oedd, roedd ei theori wreiddiol am Vittorio yn iawn; roedd e'n dwat. Roedd e'n deall nad oedd e'n gallu aros yn y fflat am byth, ond doedd dim eisiau i hwn fod mor droëdig yn ei daflu fe mas yn y bôn. Rheolau tân myn yffarn i! Doedd dim *smoke detectors* na dim gyda'r Eidalwr yn y fflat – oedd Vittorio'n poeni am dân mewn gwirionedd? Na, esgus oedd e i'w gael e allan. Ta beth, byddai e, Vittorio, yn sicr yn anhapus i glywed bod Hywel wedi penderfynu aros yn Fenis yn hirdymor. Roedd yn falch y byddai o gwmpas i gadw llygad arno a sicrhau na fyddai'n cymryd mantais o Lois.

Ymhen rhai munudau daeth Vittorio a Lois yn ôl at y bwrdd, ac roedd yn amlwg fod Vittorio am esgus nad oedd e a Hywel wedi cael eu sgwrs fach am y fflat yn gynharach. Wel, roedd hynny'n iawn gyda fe, doedd e ddim eisiau cwympo mas heno a Lois yn y canol. Ond roedd yn falch o weld nad oedd Vittorio'n hapus o gwbl o glywed am ei benderfyniad i sefyll yn Fenis yn hirdymor.

Roedd e'n teimlo fel gwsberen braidd, diolch i gastiau Vittorio yn teimlo coesau Lois o dan y bwrdd. Ond yna, pan oedd e ar fin ei throi hi am adre, fe welodd e wyneb cwbl annisgwyl ym mar Vittorio. Cerys! Roedd Cerys yma!

Llygadrythodd arni mewn sioc wrth iddi gofleidio Lois yn gynta fel corwynt ac yna ei gofleidio yntau hefyd. 'Hywel, mae mor grêt i dy weld di, ti'n edrych yn ffab!' Gwenodd Hywel arni wrth ei hasesu'n ofalus. Roedd yna olwg *edgy* arni, roedd hi wedi colli tipyn o bwysau ac er ei bod hi mor brydferth ag erioed, roedd rhyw galedi yn ei llygaid gleision. Roedd yn amlwg o'i gwisg a'r gemwaith drud ar ei garddyrnau a'i bysedd ei bod hi'n ariannog bellach, ac amheuai Hywel ei bod hi wedi gwneud cwpl o filoedd teidi trwy werthu ei stori *kiss and tell* i'r wasg. Ond beth oedd hi'n ei wneud yma? Roedd Cerys yn drwbwl, ble bynnag oedd hi a doedd e ddim eisiau iddo fe a Lois gael eu dal yng nghanol unrhyw sgandal neu broblem.

Sylwodd hefyd fod Cerys yn llygadu Vittorio gryn dipyn ac roedd yr Eidalwr yn dangos cryn ddiddordeb ynddi hithau hefyd. Ond gwyddai na fyddai Cerys yn gwneud unrhyw beth i frifo Lois. Wel, byddai'n rhaid iddo gadw llygad ar Cerys a Vittorio nawr! Gwyliodd wyneb Lois yn llawn hapusrwydd fod y tri ohonyn nhw gyda'i gilydd unwaith eto. Ond mewn gwirionedd, doedd e heb fod yn agos at Cerys erioed. Roedd hi'n gwbl hunanol, yn bwdlyd ac yn benstiff ond roedd hi'n garismatig ac yn medru bod yn dipyn o hwyl, dim ond i chi beidio ag ymddiried ynddi.

Gwyliodd e hi wrth iddi gerdded yn herfeiddiol tuag at y bar. Doedd ei math hi o brydferthwch heb apelio at Hywel erioed. Cofiai Meleri yn gofyn iddo flynyddoedd ynghynt a oedd e erioed wedi cael crysh ar Cerys. A chofiai ei ateb, 'Dim ffiars, mae'n atgoffa fi o'r corryn Black Widow yna – byddai'n fy mwyta i'n fyw!' Roedd Meleri'n falch o glywed hyn a doedd ei barn hi am Cerys ddim yn bositif chwaith, 'Mae'n cymryd mantais o galon garedig Lois, dim ond un person sy'n bwysig i Cerys, ac mae hi'n gweld y person hwnnw yn ddyddiol yn y drych.'

Ond roedd e a Meleri yn amlwg yn y lleiafrif, a sylwodd ar y dynion a safai wrth y bar yn troi fel un i lygadu'r llewes newydd yn eu plith. Cerys yn Fenis – roedd yn swnio fel ffilm porno sâl – Duw a helpo Fenis meddyliodd!

Pennod 6

Lois (Dri mis yn ddiweddarach)

'Wel, y'n ni'n ddiwylliedig iawn am newid,' dywedodd Lois wrth iddi hi a Hywel gerdded o gwmpas arddangosfeydd celf y Biennale yn Fenis. Roedd y Biennale yn ddigwyddiad celfyddydol enfawr a fyddai'n cael ei gynnal dros gyfnod o chwe mis yn Fenis bob dwy flynedd. Dyma ble'r oedd gwledydd ar draws y byd yn cyflwyno'u campweithiau go ryfedd ar brydiau i'r *hoi polloi*. Roedd gan bob gwlad ei hadeilad ei hun yn ardal brydferth llawn *geraniums* cochion y Giardini lle'r eisteddai'r prif bafiliwn. Roedd Lois wrth ei bodd yn cael gweld y gwaith celf a theimlai fel Eidales go iawn yn ymweld ag un o brif ddigwyddiadau'r ddinas. Doedd dim diddordeb gan Vittorio yn y byd celf ond wrth lwc, roedd Hywel yr un mor awyddus â hithau i weld y digwyddiad.

'Do'dd Vittorio ddim yn ffansïo pnawn o gelfyddyd te?' holodd Hywel wrth iddyn nhw gerdded o gwmpas arddangosfa gwlad Groeg.

'Na, dyw e ddim yn ffan,' dywedodd Lois. 'Ac ma lot ar ei blât e'n gwaith ...'

A dweud y gwir, doedd Lois ddim wedi gwthio Vittorio i ddod i'r Biennale gan ei bod hi'n edrych 'mlaen at dreulio ychydig o amser gyda Hywel.

'Wel, dwi'n eitha lico ehangu fy ngorwelion,' dywedodd Hywel. 'Ond dwi ddim yn siŵr a ydw i rili ishe prynu gwely wedi ei wneud o loshin ...' ategodd wrth iddo edrych ar greadigaeth gandi o'u blaenau.

'Mmm ... Fyddai ddim angen mynd mas o'r gwely os o't ti ishe tamed i fwyta cofia,' chwarddodd Lois wrth iddi syllu ar benglog mwnci wedi ei greu o daffi gan yr un artist.

Chwarddodd y ddau. 'Dere i ni weld beth mae'r Sbaenwyr wedi gwneud 'te,' ac arweiniodd Hywel hi mewn i arddangosfa o gerfluniau a darluniau amryliw gerllaw.

'Nawr 'te, dyma'r math o beth dwi'n lico,' dywedodd Lois wrth iddi edrych ar y gwaith yr oedd yr artistiaid celf swreal fel Miró yn amlwg wedi dylanwadu arno.

'Ie, mae'n debyg i'r poster yna oedd 'da ti ar y wal yn y Coleg, yr un Miró yna,' dywedodd Hywel gan roi ei fraich trwy fraich Lois.

Teimlodd Lois ryw sbarc annisgwyl wrth iddo gyffwrdd â hi. Yn sydyn iawn, roedd hi'n ymwybodol o'i freichiau cyhyrog. Trodd i edrych ar ei hen ffrind a'i weld trwy lygaid newydd. Roedd yr hen Hywel, oedd yn denau, lletchwith a swil, wedi diflannu. Roedd y galar wedi gwneud iddo aeddfedu, wrth gwrs, ond roedd ei ffrind yn ddyn golygus a chyhyrog ac yn ddieithr rywsut. Roedd ei lygaid tywyll yr un mor ddidwyll ag erioed ond roedd yr hen Hywel naïf wedi mynd ac yn ei le roedd dyn aeddfed a rhywiol. Pan fyddai e'n barod, gwyddai Lois y byddai digonedd o fenywod ar ei ôl e. Ac fe wnaeth hyn iddi deimlo'n anniddig a doedd hi ddim yn gwybod pam chwaith, falle am nad oedd hi'n gallu meddwl am neb heblaw Meleri fel cymar i Hywel. Ie, dyna'r rheswm dros ei hanniddigrwydd, mae'n rhaid.

'Oi, Lois, glywest ti fi?' pwniodd Hywel hi'n ysgafn yn ei hystlys.

'O … ym … sori, o'n i'n edrych ar y llun … Beth wedest ti?'

'Wedes i bo' fi'n meddwl 'mod i wedi gweld digon nawr,' dywedodd Hywel. 'Beth am ddrincen fach?'

Er ei bod hi'n fis Tachwedd, roedd hi dal yn eitha cynnes o gymharu â Chymru. Roedd hi'n ddigon braf iddyn nhw eistedd tu allan ta beth, a byddai'n neis treulio mwy o amser gyda Hywel. 'Dwi'n gwybod, beth am fynd i Harry's Bar?' awgrymodd Lois yn frwd. 'Ni heb ddathlu dy fod ti wedi cael jobyn!'

Roedd Hywel wedi cwblhau ei gwrs TEFL ac wedi ffeindio gwaith yn dysgu mewn coleg addysg bellach lleol. Roedd ganddo fflat bychan nid nepell o le Lois a Catrin ger y Campo Santa Margherita ac roedd Lois yn browd iawn ohono. Roedd e wedi blodeuo ers dod allan i Fenis. Yn wir, credai Lois fod Fenis wedi ei achub e. Gallai siarad am Meleri nawr heb dorri i lawr; roedd yr hiraeth yn dal yno, wrth gwrs, ond roedd hi'n teimlo ei fod e wedi dod i delerau gyda'i golled.

'Ocê, gallwn ni gael cwpwl 'na – i ddathlu,' cytunodd Hywel. Rhoddodd Lois ei braich yn ei fraich yntau a cherddodd y ddau tuag at y *vaporetto* a theimlai Lois yn berffaith hapus.

✦

'Wyt ti'n gweld Vittorio heno?' holodd Hywel wrth iddo brynu bob i ddiod iddo fe a Lois yn y bar. Gwyddai Lois nad oedd Hywel yn hoff o'i chariad, ond gwyddai hefyd ei fod wedi ceisio gwneud ymdrech yn ddiweddar i siarad ag e pan fyddent allan yn yfed. Ond doedd Vittorio heb ddangos dim diddordeb mewn cyfeillachu Hywel. Ac roedd hyn wedi siomi Lois. Doedd pethau ddim yn fêl i gyd rhyngddynt ar hyn o bryd chwaith. Roedd Vittorio'n treulio llawer o amser yn gweithio yn y bar a gyda'i ferch, Isabella. Doedd Lois heb gael ei gwahodd yn ôl am swper gyda'i rieni chwaith. Poenai Lois ei fod e'n blino ar y berthynas, ond doedd hi ddim eisiau codi'r pwnc rhag ei wthio fe i orffen pethau gyda hi. A doedd hi ddim yn gwybod sut fedrai hi ymdopi â hynny. Roedd hi'n dal i'w ffansïo fe gymaint.

'Na, dwi ddim yn meddwl, ddim heno,' atebodd yn ddigon ffwrdd-â-hi. Doedd hi ddim eisiau cyfaddef fod y berthynas mewn trwbwl, hyd yn oed wrth Hywel.

'Ydy popeth yn iawn rhyngoch chi'ch dau?' holodd Hywel yn ofalus. 'Dwi'n cael y teimlad ei fod e'n medru bod yn eitha oeraidd os nad yw e'n cael ei ffordd ei hunan.'

'Mmm, ydy mae e'n eitha *high maintenance*,' chwarddodd Lois. 'Ond mae tipyn gyda fe ar ei blât ar hyn o bryd; ei ferch – mae hi wedi dechre mynd mas gyda bachgen sy dipyn yn hŷn na hi mae'n debyg … Ac mae'r bar yn cymryd llawer o'i amser e wrth gwrs ac mae'n agor dau far newydd ar hyn o bryd hefyd …'

'Odyw e'n dy wneud di'n hapus, Lois? Ydy e'n dal yn dy gadw di ar wahân i'w deulu fe?' Doedd Lois ddim yn hoffi'r sgwrs yma o gwbl. Roedd Hywel yn arbenigwr ar fynd o dan groen problem ac yn ei hadnabod hi'n ddigon da i wybod fod yna broblem. Doedd hi ddim eisiau meddwl am y peth nawr; roedd hi eisiau meddwi a chael hwyl.

'Wel, Vittorio yw Vittorio a dim ond 'mod i'n deall hynny a'i dderbyn e fel mae e, dwi'n meddwl bydda i'n iawn. Gwranda, beth 'sen ni'n symud 'mlaen i rywle rhatach a chael sesh go iawn? Jyst ti a fi, fel yr hen ddyddie yn Aber. Ni heb gael sesiwn iawn jyst ni'n dau ers blynyddoedd!' Oedodd Hywel am funud ond yna gwenodd. 'Ie, pam lai!'

Dair awr yn ddiweddarach, roedd hi'n tynnu at naw o'r gloch ac roedd y ddau yn feddw dwll ar y ddiod beryglus honno, Spritz, yn eu hoff dafarn lleol, Al Vapore. Bar jazz oedd hwn, a pherfformwyr lleol yn diddanu'r pyntars gyda cherddoriaeth fyw, ffynci. Fyddai Vittorio a'i chwaeth uchel-ael byth yn mentro mewn i fariau'r myfyrwyr, ond i bocedi bas Lois a Hywel, roedd y lle'n berffaith.

'Yffach, mae'r Spritz 'ma'n ffein!' dywedodd Hywel yn fodlon wrth iddo gynnau sigarét a nodio ei ben i'r gerddoriaeth jazz a atgoffai Lois o gerddoriaeth ei hoff ffilmiau o'r chwedegau fel *Bullitt*. Doedd Hywel byth yn smygu fel arfer, felly roedd hi'n amlwg ei fod e'n eitha meddw. Roedd Lois hefyd yn feddw, ond yn feddw 'meddal', ac roedd angen y rhyddhad arni ar ôl delio gyda hwyliau anwadal Vittorio dros yr wythnosau diwetha.

Sylwodd o gil ei llygaid fod wyneb cyfarwydd yn y bar. Isabella! Beth oedd hi'n ei wneud yma? Wel, roedd y ferch yn un ar bymtheg ond yn dal yn rhy ifanc i fod allan yn diota. Ond nid Lois oedd ei mam hi, ac allai hi ddweud dim am yfed o dan oedran! Sylwodd hefyd ar y dyn ifanc yng nghwmni Isabella. Edrychai fel myfyriwr yn ei ugeiniau cynnar, a barf fach *goatee* a gwallt 'anniben' hen ffasiwn. Rhaid taw hwn oedd y boi roedd Vittorio yn poeni yn ei gylch. Gwisgai Miss Isabella ffrog binc gwta iawn oedd yn agos at ddangos ei niceri! Byddai Vittorio'n sicr yn cael agoriad llygad ond ni ddywedai Lois air; doedd hi ddim am ddigio'r ferch. Nid hi oedd ei hoff berson beth bynnag, a dyma gyfle efallai i ennill pwyntiau gyda merch ei chariad.

'Isabella! Haia!' galwodd Lois pan gerddodd y ferch heibio iddi.

'O Lois, helô,' dywedodd Isabella, yn amlwg yn teimlo'n lletchwith.

'Dyma fy ffrind i, Hywel ...' Edrychodd Lois ar y dyn ifanc yng nghwmni Lois yn gyfeillgar. 'Carlo,' dywedodd hwnnw'n boléit gan gynnau sigarét.

'Dych chi ddim yn mynd i ddweud wrth Papa 'mod i yma, ydych chi?'

'Na, wna i ddim dweud dim, Isabella. Jyst gofala bod ti'n ddiogel dyna i gyd. Fydde dy dad ddim yn hapus meddwl amdanat ti allan yn goryfed ac yn dod i drwbwl. Mae e'n poeni amdanat ti.'

'Ha!' chwarddodd Isabella wrth iddi lowcio gweddillion ei photel o gwrw; roedd hi'n amlwg wedi meddwi. 'Dyw e'n becso dim am neb ond fe'i hun! Dych chi heb sylweddoli hynny eto?'

'Be ti'n feddwl, Isabella?' Teimlai Lois yn annifyr iawn yn clywed y ferch yn tanseilio ei thad fel hyn. Ond ai prawf oedd e? I weld a fyddai hi Lois yn amddiffyn Vittorio?

'Dyw e heb falio taten amdana i ers blynyddoedd. Menywod yw'r cwbl iddo fe ac yn fwy diweddar, merched ifanc,' llygadrythodd ar Lois yn awgrymog. 'A dyna pam wnaeth Mam ei adael e!'

'Ond o'n i'n meddwl bod dy fam wedi cael perthynas gyda dyn arall tra'i bod yn briod â Vittorio?'

Plygodd Isabella'n agosach ati a dweud yn ei chlust, 'Mae e wedi dweud celwydd wrthoch chi. Roedd Mam dros ei phen a'i chlustiau gyda Dad a fyddai hi byth wedi cael *affair*. *Fe* chwalodd ein teulu ni a bydd e'n gwneud 'run peth i chi. Mater o amser yw hi. Mae'n ddrwg gen i, ond mae'n well eich bod chi'n cael gwybod y gwir neu bydd e'n torri'ch calon chi hefyd.'

Syllodd Lois yn syn ar y ferch, gan obeithio mai celwydd maleisus oedd hyn er mwyn chwalu ei pherthynas â Vittorio. Wedi'r cwbl, roedd y ferch yn ei harddegau ac yn amlwg ddim yn meddwl rhyw lawer o Lois. Ond roedd rhywbeth yn ei hedrychiad diffuant oedd yn dangos i Lois ei bod yn dweud y gwir.

Gwyliodd Isabella a Carlo'n gadael y clwb a chymerodd sigarét yn grynedig.

'Wyt ti'n iawn?' holodd Hywel oedd heb ddweud gair yn ystod y sgwrs gydag Isabella.

'Na, dwi'n methu credu'r peth … Wyt ti'n meddwl ei bod hi'n dweud y gwir?'

'O fel oedd hi'n siarad, roeddwn i'n cael y teimlad ei bod hi … Ond dylet ti ofyn i Vittorio …'

'Sai'n gwybod a ydw i am drafferthu,' ebychodd Lois. 'Ddim dyma'r tro cynta iddo guddio rhywbeth oddi wrtha i a phwy a ŵyr, falle bod sawl menyw gyda fe o gwmpas Fenis a 'mod i'n un o lawer!' chwarddodd yn chwerw.

'Mae e'n ffŵl 'te, os 'dy hynny'n wir,' dywedodd Hywel yn ddiffuant. 'A does dim syniad gyda fe pa mor lwcus yw e.'

'Diolch Hywel, ond o'n i'n gwybod o'r cychwyn ei fod e mas o'n *league* i, fel bydde Cerys yn dweud.'

'Na, Lois, ti sy mas o'i *league* e.' Cydiodd Hywel yn ei llaw yn dynn. 'Dyw e ddim yn dy haeddu di a dwi wedi meddwl hynna o'r cychwyn. Mae e'n amlwg yn *player* ac os yw ei ferch ei hun yn meddwl hynny ...'

'Ti'n iawn,' llowciodd Lois ei diod yn ddiflas. 'Does dim siâp arna i 'da dynion. Pam ydw i wastad yn dewis y boi anghywir, gwed? Daniel, Guto a nawr Vittorio. Beth sy'n bod arna i? Pam na alla i wneud un dyn yn hapus?'

'Ti'n siarad nonsens nawr, Lois,' gwenodd Hywel arni. 'Ti 'di bod yn anlwcus, yndo? Ond nid dy fai di yw e. Rwyt ti'n ferch arbennig. O'n i byth yn meddwl bydden i wedi dod drwyddi a phetaet ti a Mam ddim wedi bod yno i fi ... Wel, dwi ddim yn gwybod beth fyddai wedi digwydd.'

Teimlai Lois yn euog yn cwyno am rywbeth go ddibwys o gymharu â threialon Hywel druan. 'Hywel, bydda i wastad yma i ti, rwyt ti'n gwybod 'ny,' gwasgodd Lois ei law yn dynn. 'Rwy'n dy garu di.'

'Rwy'n dy garu di hefyd.'

Plygodd Hywel tuag ati i'w chusanu ac roedd Lois yn barod am gusan fach gyfeillgar ond yn rhyfedd iawn, trodd y peth yn gusan go iawn, yn gusan deimladwy, yn gusan rhwng cariadon. Ac roedd e'n neis! Gwasgodd ei chorff yn ei erbyn a phlethu ei breichiau o amgylch ei wddf. Teimlodd chwant yn ffrydio trwy ei gwythiennau. Ond cyn iddi gael cyfle i ddweud dim, tynnodd Hywel i ffwrdd yn lletchwith. 'Ma'n ddrwg 'da fi, Lois, dwi'n feddw … Well i fi fynd adre … Wela i di fory …'

'Hywel! Aros am funud!'

Ond roedd Hywel wedi baglu allan o'r bar fel cath i gythraul. *Shit*! Bai y Spritz ddiawl oedd hyn! Pam oedd hi a Hywel wedi cusanu fel yna? Roedden nhw wastad wedi bod yn ffrindiau heb unrhyw sbarc rhywiol rhyngddyn nhw. Cymerodd Lois sigarét yn ffwndrus. Oedd, roedd hi wedi ei ffansïo fe am ryw dri mis pan oedden nhw yn y Chweched, ond ffansi dros dro oedd honno … Na, jyst y ddiod feddwol oedd e a dim byd arall. Ond pam oedd hi'n teimlo mor gymysglyd? A pham wnaeth hi fwynhau'r gusan gymaint? Dechreuodd feddwl am wyneb Hywel, ei wên wefreiddiol, y pant bach crwn yn ei foch chwith pan oedd yn gwenu … O'r mowredd, oedd hi mewn cariad â'i ffrind gorau? A beth am Vittorio? Sut ddiawl oedd hi'n teimlo amdano fe nawr ar ôl y ddrama gydag Isabella? Anfonodd decst at Cerys; roedd angen trafod hyn ymhellach arni …

✦

Cerys (Yr un noson)

'Wna i gloi i fyny os wyt ti ishe, Vittorio,' gwenodd Cerys wrth iddi ffarwelio â'u cwsmer olaf am y noson. Ers rhyw fis, roedd hi wedi bod yn gweithio fel rheolwr y merched ym mar *lap-dancing* newydd Vittorio. Doedd y cytundebau modelu heb lifo mewn er iddi ymweld â chwpl o gylchgronau yn ystod ei mis cyntaf yn Fenis. Doedd ganddi mo'r 'edrychiad' roedd y cylchgronau mwy uchel-ael ei eisiau. Roedden nhw eisiau'r *waif* denau, fel Kate Moss a'i thebyg. Merched bach heb fronnau na thinau na blew ar eu preifets chwaith, wfftiodd Cerys. Roedd edrychiad Cerys yn *passé* medden nhw. Er hynny, cafodd hi arian am wneud sesiwn *topless* gyda chylchgrawn *L'Espresso*. Doedd y tâl ddim yn wych o bell ffordd, gan fod y sgandal gyda Rhys Jones yn hen newyddion erbyn hyn a heb fod yn sgandal enfawr yn yr Eidal yn y cychwyn. A doedd ei bronnau ddim yn ddigon mawr a dros ben llestri i'r rhan helaeth o'r cylchgronau *glamour* chwaith. Roedden nhw'n hoffi edrychiad silicon creaduriaid rhyfedd fel Lolo Ferrari ac Anna Nicole Smith a doedd Cerys ddim eisiau bronnau ffug; doedd hi ddim mor despret â hynny, wel, ddim eto.

Doedd yr arian oedd ganddi yn y banc ddim yn mynd i bara am byth, felly doedd ond un opsiwn, mynd yn ôl i fyd y clybiau nos a'r bariau. Yr unig berson roedd hi'n ei adnabod yn Fenis oedd yn berchen ar far oedd Vittorio ac a dweud y gwir, roedd hi'n eitha hapus i ffeindio esgus i'w weld e'n ddyddiol. Roedd e'n amlwg yn hapus iawn pan wnaeth hi gysylltu â fe hefyd, er mai am swydd y gwnaeth hi hynny ac nid am noson danbaid o garu fel roedd e wedi gobeithio. Ond cytunodd e'n syth pan ofynnodd hi am jobyn ac wrth gwrs fe wnaeth hi esbonio'i phrofiad helaeth weithio ym mar Minx wrtho. Mwynhâi fywyd y bar yn fwy nag yr oedd hi wedi ei ddisgwyl y tro yma. Wedi i Vittorio weld ei sgiliau yn ystod yr wythnos gynta yn y gwaith, cynigodd ddyrchafiad iddi. Bellach, hi oedd yn gofalu am y dawnswyr ifanc yn y clwb, ond doedd neb yn cael ei galw hi'n 'Mamma'! Ceisiai fod yn deg â'r merched gan gofio ei phrofiadau hi fel cyw-ddawnswraig, ond doedd neb yn cael cymryd mantais chwaith.

Oedd, roedd hi'n sioc i'r system wrth reswm i Cerys orfod gweithio unwaith eto, ond erbyn hyn roedd yn well ganddi fod y tu ôl i'r llenni na stripio. Cafodd ddigon ar stripio i bara oes. Roedd hi'n rhy hen ac yn rhy wybodus ar gyfer y gêm fach yna erbyn hyn. Cadwodd mewn cysylltiad â Coco ac roedd honno o'r un farn – fod oes aur y *lap dancer* yn dod i ben â Coco ei hun yn meddwl symud allan o glwb Sammy a dechrau busnes trin ewinedd.

Ond nid gweini mewn tafarn tsiêp oedd hi ym mar Vittorio; roedd delwedd yn bwysig iawn iddo ac roedd y bar yn chwaethus ac yn gostus, felly dim 'riff-raff' na myfyrwyr, diolch byth. Roedd y *clientele* fel arfer yn ganol oed, yn gefnog ac yn hael iawn. Wrth gwrs roedd hi'n grefftus iawn yn ennill tipiau oddi wrth y siwgwr-dadis a ddeuai i mewn yn nosweithiol i syllu arni yn ei blowsen wen dynn a'i sgert ddu bitw.

Ond dim ond un dyn oedd yn diddori Cerys – Vittorio.

Roedd hi'n dwlu'n lân arno fe, roedd e mor rhywiol. Un noson cafodd freuddwyd hynod o décnicylyr amdano fe a hi'n cael rhyw gyda'i gilydd mewn *gondola* – cawslyd y diawl ond jiawch, roedd y freuddwyd yn erotig dros ben! Gwyddai fod Vittorio'n garwr gwych, roedd Lois wedi cyfaddef hynny wrthi un noson feddwol yn y fflat. Ac roedd hi'n dychmygu o hyd sut fyddai e yn y cnawd, ond doedd hi ddim eisiau brifo Lois, felly ffantasi yn unig oedd e am fod am nawr.

Gobeithiai Cerys y byddai Vittorio yn dod i ddibynnu arni yn y gwaith ac y byddai'n rhoi swydd rheolwr y bar iddi yn y pen draw, gan fod ganddo gynlluniau i agor mwy o fariau yn y ddinas dros y misoedd nesaf. Os gallai ei argyhoeddi ei bod hi'n fenyw fusnes graff, gobeithiai y byddai'n rhoi dyrchafiad arall iddi. Wrth gwrs, roedd hi'n gwybod ei bod hi ar y blaen yn barod gyda Vittorio. Gwyddai'n iawn ei fod e'n ei ffansïo hi; roedd yr arwyddion i gyd yna.

Hoffai bwyso drosti i estyn am wydryn neu botel a chafodd y ddau sioc drydanol arall wrth i'w dwylo gyffwrdd â'r til yr un pryd rai nosweithiau yn ôl. Ac onid oedd Lois wedi cwyno yn ddiweddar fod Vittorio'n treulio llawer mwy o amser yn y bar nag yr arferai ei wneud?

Doedd hi heb wneud dim byd o ran rhyw gyda fe eto, ond byddai dyn dall yn medru synhwyro'r atyniad rhyngddyn nhw. Roedd e'n brofiad eitha secsi a dweud y gwir, y peidio gweithredu ar eu greddf yn syth bin, am unwaith. Iddi hi, parch at Lois oedd yn ei rhwystro;

gwyddai ei bod hi'n medru bod yn bitsh, ond doedd hi ddim yn gymaint o fitsh â hynny. A hefyd, gwyddai fod Vittorio wedi arfer cael merched yn rhy rwydd o lawer; byddai aros a'i gwylio hi bob dydd yn gwybod ei fod e'n methu ei chael hi yn sicr yn cynyddu'r atyniad rhyngddynt. A phan fyddai'r amser yn iawn; byddai'n gweithredu. Clywodd sŵn ei ffôn yn canu – tecst. Bwriodd olwg sydyn arno, neges gan Lois: 'Pissed gach a dwi newydd gusanu Hywel a dim fel ffrind! Help! Ffonia fi asap x'.

Gwenodd Cerys iddi hi ei hun – o'r diwedd! Roedd hi wastad wedi meddwl fod Hywel a Lois yn berffaith i'w gilydd, ers dyddiau ysgol. Ac roedd hyn yn rhoi rhwydd hynt iddi hi gael ei bachau ar Vittorio. Wel pam lai, roedd yr amser yn iawn bellach, on'd oedd e? Chware teg, allai Lois ddim ei beio hi gan y byddai'n siŵr o orffen gyda Vittorio nawr ei bod hi a Hywel yn eitem.

'Vittorio? Hoffet ti gerdded fi 'nôl i'r fflat heno? Dwi'n poeni braidd am gerdded ar fy mhen fy hun ac ma ishe dyn cryf i ofalu amdana i ...' Roedd hyn yn gachu llwyr; roedd ganddi ei *mace* a'i chwistrell pupur pe byddai unrhyw un yn ceisio ymosod arni, a stiletos miniog a allai roi cic farwol i geilliau unrhyw dreisiwr, ond roedd hi eisiau esgus amlwg i ddangos ei bwriad i Vittorio.

Edrychodd ar Vittorio gan godi ei ael chwith yn awgrymog. Gwenodd yntau gan ddeall yn syth a chydiodd mewn potel siampên o'r bar. 'Ie, dim problem a beth am ddrinc fach yn gynta i ddathlu noson dda o waith?' Tywalltodd Vittorio bob i lasied o siampên iddynt. Cododd ei wydr mewn llwncdestun, 'I ni, tîm gorau Fenis!'

'I ni …' Cododd Cerys ei gwydr a llarpi'i diod gyda chlec. 'Fedra i ddangos i ti beth oeddwn i'n ei wneud yn fy swydd ddiwetha? Dwi'n meddwl bydd e o ddiddordeb mawr i ti i weld fy sgiliau'n llawn …'

Pwysodd Vittorio yn ôl wrth y bar gan wenu, 'Wrth gwrs, dwi wastad yn hoffi gweld talentau fy staff yn cael eu harddangos i'w llawn botensial.'

Gwenodd Cerys gan roi CD Madonna yn y stereo a chwarae ei hoff gân, 'Beautiful Stranger'. Dechreuodd ddawnsio'n nwydus. Doedd hi heb anghofio'r rwtîn a stripiodd yn gelfydd o flaen Vittorio nes ei bod hi'n gwisgo dim ond ei niceri (pinc llachar a les o Agent Provocateur). Doedd hi heb gyffwrdd ag e o gwbl ond erbyn diwedd y gân, roedd hi'n gorwedd ar y bar o'i flaen yn dal ei bronnau noeth yn ffug wylaidd. Teimlai Vittorio'n anadlu'n ddwfn wrth iddo ei gwylio.

Gafaelodd ynddi'n dynn a dechrau ei chusanu'n nwydus. 'O Cerys, mae wedi bod yn uffern dy wylio di bob dydd a methu dy gyffwrdd di.'

'Dwi'n gwybod, mae wedi bod yn uffern i fi hefyd.' Dechreuodd hi dynnu ei grys a rhwygodd e'r botymau yn ei frys i ddiosg ei ddillad. O, roedd e'n garwr arbennig; roedd Lois yn iawn. Gwyliodd Cerys eu hadlewyrchiad yn y drych mawr uwchben y bar wrth iddynt garu a gwenodd iddi hi ei hun. Gyda lwc, byddai Vittorio yn ei gwneud hi'n bartner yn y bar ac yn ei fywyd, a gyda dyn golygus a chefnog fel hyn wrth ei hochr, byddai'n saff am flynyddoedd. A byddai Lois yn hapus gyda Hywel a fyddai neb yn cael dolur – perffaith!

+

Hywel (Yr un noson)

Roedd e wedi cusanu Lois! Beth oedd yn bod arno fe? Tywalltodd Hywel wydryn sylweddol o win coch iddo'i hunan yn niogelwch cegin ei fflat fechan a chynnau sigarét. Roedd ei ben yn curo fel gordd yn barod – yr *hangover* yn cyrraedd o flaen ei amser. Pam ddiawl oedd e wedi cusanu ei ffrind gorau? Ac yn waeth na hynny, sut oedd e wedi medru gwneud y fath beth i Meleri? Oedd, roedd e'n feddw, ond roedd e wedi bod yn feddw droeon o'r blaen yng nghwmni Lois dros y blynyddoedd, a doedd e erioed wedi meddwl amdani yn y fath fodd o'r blaen. Wel, roedd e wedi ei ffansïo hi am gyfnod byr ar ddechrau'r coleg, ond heb feiddio mynd â'r peth ymhellach gan ei fod e'n llawer rhy swil bryd hynny ac yn dal i fod.

Tynnodd ei ffôn symudol o'i boced a gweld tecst oddi wrth Lois yn aros amdano. Anadlodd yn ddwfn wrth ei ddarllen, 'Dwi ddim yn siŵr beth ddigwyddodd heno ond pan wyt ti'n barod, byddai'n grêt cael cwrdd i siarad. Lx'

Shit! Roedd e wedi gobeithio na fyddai hi ddim eisiau siarad am y peth. Gallen nhw fod wedi anwybyddu'r gusan ac esgus nad oedden nhw'n cofio beth ddigwyddodd diolch i'w meddwdod, ond doedd dim modd gwneud hynny nawr. Edrychodd ar y llun o'i briodas e a Meleri a eisteddai ar y bwrdd yn yr ystafell fyw. Teimlodd y dagrau'n dechrau cronni wrth iddo weld ei hwyneb hapus. Sut allai ei dishmoli hi fel hyn? Roedd e angen siarad â rhywun am y peth; ond pwy? Doedd e ddim eisiau poeni ei fam ac wrth gwrs, roedd y person y byddai wedi dewis ymddiried ynddi, sef, Lois yn gwbl anaddas. Cerys? Yffach, roedd e'n despret yn meddwl y byddai Cerys yn medru ei helpu; roedd hi mor hunanol a di-glem. Ond roedd Cerys yn adnabod nhw ill dau yn dda a digon posib fyddai ganddi gyngor o ryw fath iddo fe. Wel, roedd yn rhaid iddo drafod hyn â rhywun neu byddai'n mynd yn ynfyd.

Fe âi i weld Cerys drannoeth ym mar Vittorio gan obeithio na fyddai ei bòs o gwmpas! Doedd e ddim yn siŵr a allai e edrych ar hwnnw gan wybod ei fod wedi cusanu ei gariad. Eironig gan fod Hywel wastad wedi meddwl mai fe ddylai gadw golwg ar Vittorio rhag iddo fradychu Lois … Tywalltodd weddill ei win i lawr y sinc, llenwi gwydryn peint â dŵr a'i lowcio mewn un glec. Roedd alcohol wedi achosi digon o broblemau iddo fel yr oedd hi.

✦

(Trannoeth)

Roedd Hywel wedi cael noson wael o gwsg, yn troi a throsi, a'r gusan rhyngddo ef a Lois yn dychwelyd i'w ymennydd i'w bryfocio. Pam na allai e fod yn *blasé* am y peth a'i anghofio? Wedi'r cwbl, dim ond gusan oedd hi – doedd e heb gael rhyw gyda hi … Ond gwyddai mai'r rheswm roedd e'n poeni gymaint oedd oherwydd ei fod wedi mwynhau'r gusan; ei mwynhau gymaint nes codi ofn arno. Gwenodd wrth feddwl am Lois a'i llygaid gwyrdd trawiadol a'i gwên gynnes … Ond yna gwridodd o gofio ei fod wedi sylwi ar ei bronnau gwpl o weithiau'n ddiweddar, a chofiodd pa mor falch oedd e pan nad oedd Vittorio wedi ymuno â fe a Lois yn y Biennale … a'i hapusrwydd yn ei chwmni … Oedd e mewn cariad â'i ffrind gorau? A sut allai e fod wedi anghofio Meleri'n barod? Roedd yr euogrwydd a'r dryswch yn ei ben yn ei boenydio. Gwyddai y byddai'n rhaid iddo siarad â Lois, ond roedd yn werth iddo drafod gyda Cerys yn gyntaf i weld os oedd Lois wedi dweud rhywbeth wrthi hi. Y peth diwetha roedd e'i eisiau oedd colli ei gyfeillgarwch gwerthfawr gyda Lois oherwydd cusan fechan …

Roedd Bar Vittorio'n agor am un ar ddeg ac roedd Hywel yno'n barod yn sbecian trwy'r gwydr i weld a oedd Cerys ar ei phen ei hun. Gallai ei gweld y tu ôl i'r bar a doedd dim sôn am Vittorio. Agorodd y drws a cherdded i mewn i'r bar yn ansicr. *Shit!* Sut oedd e'n mynd i ddweud wrthi amdano fe a Lois? O adnabod Cerys, byddai'n chwerthin am eu pennau nhw; doedd sensitifrwydd ddim yn un o'i chryfderau hi. Roedd e ar fin troi ar ei sawdl a gadael y bar pan welodd Cerys e.

'Hei, Hywel, ti ishe *hair of the dog* yn barod?' gwenodd Cerys. 'Neu wyt ti ffansi coffi?' Doedd hi ddim yn sypreis iddi ei fod e yno. Tybed a oedd Lois wedi dweud wrthi'n barod am y gusan?

'Ie, *espresso* plis,' dywedodd Hywel. 'Dwi'n diodde braidd heddi.'

'Mmm, ie, glywais i wrth Lois eich bod chi wedi bod allan am sesh neithiwr.'

'Ti 'di siarad â hi'n barod?'

'Na, dwi'n ei gweld hi pnawn 'ma, ond ces i neges ffôn ganddi.'

'Wel, dyna pam o'n i eisiau siarad âti ...'

'Y gusan?' dywedodd Cerys yn dawel gan roi'r *espresso* o'i flaen.

Yfodd Hywel y coffi cryf a nodio'i ben yn ddiflas, 'Ie, y gusan ...'

'Wel, paid ag edrych mor ddiflas, achan! Dyw e ddim yn ddiwedd y byd ... Wnest ti fwynhau'r gusan?'

'Do, a dyna'r broblem!'

Cyneuodd Cerys sigarét a thywallt *espresso* iddi ei hun hefyd.

'Gwranda, fi'n deall pam ti'n poeni ... Dwi heb golli neb ond dwi'n gwybod beth fyddai Meleri'n ei ddweud ... Byddai hi ishe i ti fod yn hapus, ac os oes cyfle i ti a Lois gael hapusrwydd gyda'ch gilydd, fedri di ddim gadael i euogrwydd dy stopio di.'

'Fi'n gwybod 'ny, ond dwi ffaelu helpu teimlo'n rili euog ... Does dim blwyddyn wedi mynd heibio eto a dwi'n cusanu rhywun arall ...'

'Nid rhywun arall, Lois, y fenyw bwysig arall yn dy fywyd di ... Dyw e ddim fel petaet ti wedi mynd allan i glwb a thynnu rhyw *bimbo* ddieithr. Dwi'n meddwl fod hyn yn arwydd da, dy fod ti'n gwella ... yn barod falle mewn amser i garu eto ...'

Syllodd Hywel ar lygaid gleision Cerys a oedd yn ddidwyll am unwaith. 'Beth yn union ddywedodd Lois wrthot ti?'

'Wel, neges fer oedd hi yn dweud eich bod chi wedi cusanu, dyna i gyd ...'

Tynnodd Hywel ei ffôn symudol o'i boced a dangos neges ddiwetha Lois i Cerys.

'Wel, mae'n amlwg ei bod hi ishe siarad â ti wyneb yn wyneb. Ac er ei fod e'n anodd, dyna beth ddylet ti ei wneud. Dwi'n meddwl y dylech chi fod gyda'ch gilydd; dwi 'di meddwl hynny ers dyddie ysgol.'

'Beth am Vittorio?'

'Dwi ddim yn meddwl bod Vittorio'n gwneud Lois yn hapus; mae e'n rhy hunanol, yn rhy Eidalaidd,' chwarddodd Cerys. 'Os wyt ti ishe bod gyda Lois ac mae hi eisiau bod gyda ti, wel, bydd yn rhaid iddi orffen pethe gyda Vittorio. Mae e'r math o ddyn fydd yn symud 'mlaen at rywun arall mewn chwinciad; dwi'n adnabod y teip.'

'Ti'n gwneud i bopeth swnio'n rhwydd, Cerys ...'

'Ydw, achos ma bywyd yn fyr Hywel, y'n ni i gyd wedi dysgu hynny'r ffordd galed. Paid gadael i ofn ac euogrwydd strywo dy siawns di am hapusrwydd ...' Cydiodd Cerys yn ei law a'i wasgu'n dynn.

Pan oedd e ar fin diolch iddi, clywodd y ddau ddrws y bar yn agor a cherddodd Vittorio i mewn. 'Vittorio,' gwenodd Cerys yn serchus. 'O'dd Hywel wedi dod mewn am *espresso* bach – *pick-me-up*.'

'Diolch Cerys, wela i di eto.' Doedd Hywel ddim eisiau siarad â hwn heddi o bob diwrnod a chododd yn gyflym o'i sedd a gadael y bar fel cath i gythraul.

Roedd e ryw ganllath i lawr yr heol pan gofiodd ei fod wedi gadael ei ffôn symudol ar y bar. *Shit!* Beth petai Vittorio'n ei weld? Diolch byth fod y neges oddi wrth Lois yn Gymraeg, ond roedd yn rhaid iddo gael y ffôn yn ôl. Blydi hel, pam oedd e mor anghofus? Cerddodd yn gyflym yn ôl i'r bar a gweld Cerys a Vittorio'n cusanu'n nwydwyllt wrth iddo agor y drws. Safodd yn stond a syllu ar y ddau mewn sioc.

Roedd distawrwydd llethol am sbel ond torrodd Hywel ar y tawelwch a dwedodd 'Wnes i anghofio fy ffôn ...'

'Hywel!' dywedodd Vittorio, 'Aros!'

'Vittorio, dwi ddim ishe bod yn rhan o'r triongl yma ...' A gadawodd e'r bar yn ddiseremoni, a'i ffôn yn ei law. Doedd dim hawl ganddo i fod yn hunangyfiawn yn y senario yma ac yntau wedi cusanu Lois. Pe na bai e wedi ei chusanu, gwyddai y byddai wedi mynd draw i'w gweld hi'n syth a dweud wrthi beth oedd e wedi ei weld. On'd oedd yna ddyletswydd arno i wneud hynny ta beth, er y gusan rhyngddo fe a Lois? Blydi hel, pam oedd bywyd mor gymhleth?

Pennod 7

Lois (Y prynhawn hwnnw)

Roedd Lois wedi trefnu cwrdd â Cerys am sgwrs yn ystod eu hawr ginio yng ngerddi brenhinol Fenis oedd yn agored i'r cyhoedd ac yn un o hoff lefydd Lois i fwyta ei chinio.

Roedd Cerys yn hwyr fel arfer, ond roedd Lois yn eitha hapus yn gwylio'r byd yn mynd heibio, a llowciodd ei thafell o *pizza* cyn bod ei ffrind yn cyrraedd. Doedd hi wedi cael fawr o gwsg ers y gusan rhyngddi hi a Hywel. Roedd hi wedi bod yn gusan anhygoel, yn dyner, yn llawn emosiwn a chwant ... Ond beth am Vittorio? Gwyddai nad oedd pethau'n wych rhyngddyn nhw ond roedd hi mewn cariad â fe. On'd oedd hi? Neu oedd hi mewn cariad â Hywel a heb sylweddoli hynny tan nawr? Gwyddai ei bod yn ei garu, ond ei bod wastad wedi ei garu fel ffrind ... tan neithiwr. Neu ai'r Spritz dieflig oedd ar fai a gallai'r ddau chwerthin am y peth a rhoi'r profiad o'r neilltu fel 'cusan feddw'? Ond methodd anghofio'r ias o chwant a deimlodd wrth i Hywel ei chusanu a fflachiodd yr olygfa yn ei hymennydd i'w chyffroi a'i phoenydio ... Gwenodd wrth feddwl am ei wyneb hoffus a'i wên gynnes; o'r mowredd, roedd hi mewn cariad ag e, roedd hynny'n amlwg iddi nawr.

Ond roedd y ffaith ei fod e wedi ei heglu hi allan o'r bar mor fuan ar ôl ei chusanu'n dangos nad oedd e'n teimlo'r un peth. Nawr roedd hi wedi colli ei ffrind gorau oherwydd ei ffolineb. Taflodd weddillion ei *pizza* i'r colomennod oedd yn pigo gerllaw a chynnai sigarét yn ddiflas.

Gobeithiai y gallai Cerys, oedd yn hynod brofiadol yn y maes hwn, roi rhyw fath o gyngor iddi. Roedd Catrin, yn anffodus, gartre gyda'i mam a'i thad yng Nghymru ar wyliau a lle y byddai wedi ymddiried yn Hywel, wrth reswm, doedd dim modd trafod gyda fe nes ei bod hi'n gwybod yn union beth oedd hi eisiau.

'Haia, ti'n ocê?' Eisteddodd Cerys wrth ei hochr a chynnau sigarét yn syth bin.

'Na, dim rili … Dwi'n poeni am beth ddigwyddodd rhyngddo i a Hywel …'

'Fi'n gwybod, daeth e draw i'r bar i 'ngweld i beth cynta bore 'ma.'

Yffach gols, mae'n rhaid bod Hywel yn poeni os oedd e wedi mynd i siarad gyda Cerys am hyn! Doedd hi erioed wedi bod yn un o'i hoff bobl e.

'Beth wedodd e?'

'Wel, wedodd e bo' chi wedi cusanu, bod e wedi mwynhau'r gusan ond nawr ei fod e'n becso ei fod e'n dangos amarch i Meleri wrth syrthio amdanat ti mor glou …'

'Wedodd e bod e'n syrthio amdana i?'

'Roedd e'n amlwg yn ei lygaid e … Does dim ishe bod yn Cilla Black i ddarllen yr arwyddion.'

'Gwranda Cerys, dwi ddim yn gwybod beth i wneud ... Tan neithiwr, o'n i'n meddwl mai Vittorio oedd y dyn i fi ... Ond pam wnes i gusanu Hywel os ydw i'n caru Vittorio?'

'Wel, dwi'n meddwl bod Hywel yn dy siwtio di lot gwell na Vittorio ... Dwi 'di dod i'w adnabod e'n eitha da nawr yn gweithio da fe ac mae'n *player* Lois. Nid fe yw'r dyn i ti..'

'Ti'n swnio'n eitha siŵr o hynny.' Syllodd Lois ar ei ffrind a sylwodd nad oedd Cerys yn edrych arni mwyach ond wedi troi ei golygon at ei sandalau am ryw reswm.

'Ydw.' Trodd Cerys i'w hwynebu a dweud yn gyflym, 'Neithiwr wnes i gysgu 'da Vittorio ... am y tro cynta ... Weles i dy decst di am gusanu Hywel ac ma Vittorio wedi bod yn fflyrtio gyda fi ers ache ond wnes i ddim byd tan neithiwr achos o'n i'n meddwl dy fod ti o ddifri amdano fe ... Ond dwi'n rili ffansïo fe a, wel, mae'n amlwg nad fe yw'r dyn i ti achos o'dd e ffaelu aros i gysgu 'da fi ... O'n i ddim yn meddwl byddet ti'n poeni ryw lawer gan dy fod ti wedi cusanu Hywel ac mae'n amlwg i bawb y dylech chi'ch dau fod gyda'ch gilydd.'

Syllodd Lois arni'n syn. 'Be ffyc? Wnest ti gysgu 'da Vittorio? Yn lle?'

Roedd Cerys yn ei chael hi'n anodd edrych arni'n iawn. 'Oes ots?'

'Nagoes sbo. O'n i'n meddwl bo' ti wedi newid ond mae'n amlwg mai'r un hen Cerys sy 'ma eto. Yn cysgu gyda phwy bynnag mae hi ishe a ffycio ei ffrindiau, wel, yr un ffrind sy 'da ti ar ôl.'

Trodd Cerys ati mewn penbleth. 'Pam wyt ti mor flin? Wedest ti fod pethe ddim yn iawn rhyngot ti a Vittorio, a ti newydd gusanu Hywel. Mater o amser oedd hi cyn bod ti'n gorffen pethe da Vittorio ta p'un!'

'Nid dyna'r pwynt, Cerys. Fel ffrind agos i fi, ddylet ti byth fod wedi cysgu gyda Vittorio. Dyw'r gusan rhyngddo i a Hywel ddim yn golygu 'mod i'n rhoi sêl 'y mendith i ti a Vittorio i fynd off mewn ffycin *gondola* gyda'ch gilydd!'

'Ma'n ddrwg gyda fi 'mod i wedi rhoi loes i ti … Dim ffling yw hwn i fi. Wnes i drio am wythnosau i beidio mynd â'r peth ymhellach … Fe wnaeth Vittorio hi'n amlwg ar fy noson gynta yn Fenis yn ei far e fod ganddo ddiddordeb ynddo i … ond wnes i ddim byd am fisoedd er parch i ti.'

'Beth? O'dd e wedi dangos diddordeb ynddo ti bryd hynny? Pam 'se ti'di dweud wrtho i, Cerys?'

'O'n i ddim eisie rhoi loes i ti, o'n i'n gwybod bo' ti'n dwlu arno fe ar y pryd …'

'Na, o't ti ddim ishe dweud dim byd achos wyt ti'n poeni am neb ond dy hunan. Wnei di byth newid; rwyt ti'n gwbwl hunanol a sai'n gwybod pam dwi'n synnu bo' ti'n meddwl bod cael rhyw gyda 'nghariad i'n rhywbeth gwbwl dderbyniol.'

'Dwyt ti ddim yn sant o bell ffordd, Lois. Dwi'n siŵr fod gwraig y boi priod na wnest ti gysgu gyda fe ddim yn hapus dy fod ti wedi bihafio fel gwnest ti. Nawr, wyt ti'n mynd i adael i foi fel Vittorio chwalu'n cyfeillgarwch ni?' Syllodd Cerys arni'n herfeiddiol.

'Na, nid Vittorio sy 'di chwalu pethe rhyngon ni, Cerys. Lwyddest ti i wneud hynny ar dy ben dy hunan bach.' Cododd Lois ar ei thraed a syllu ar ei ffrind, oedd yn amlwg yn gwbl ddiddeall ei bod hi wedi gwneud unrhyw beth o'i le. 'Dwi'n meddwl fy mod i mewn cariad gyda Vittorio, Lois … Tria ddeall …'

'Mewn cariad, myn diain i! Dwyt ti ddim yn gwybod ystyr y gair! Cerys, rwyt ti'n hen fitsh hunanol ac mae Vittorio yn dwat anffyddlon fel mae ei ferch ei hunan wedi dweud wrtho i! Fe wnewch chi bâr perffaith!' A gadawodd hi Cerys yn eistedd yno fel delw.

Cerddodd yn ôl i'w fflat gan ddiolch bod Catrin i ffwrdd; roedd hi jyst ishe llonydd nawr i ddod dros y sioc. Roedd y ffaith fod Vittorio wedi bod yn anffyddlon yn brifo; ond roedd castiau Cerys yn brifo llawer mwy. Pam oedd hi'n synnu? Roedd hi'n gwybod sut gymeriad oedd hi, ond doedd hi erioed wedi cael rhyw gyda sboner i Lois o'r blaen; wel, nid i Lois wybod ta beth. A nawr roedd hi'n dweud ei bod hi mewn cariad gyda Vittorio!

Wrth iddi droi'r gornel tuag at ei fflat, gwelodd Hywel yn sefyll yno yn dal potyn o flodau *geranium* yn ei law ac yn gwenu'n lletchwith arni. Roedd e'n edrych mor nerfus ac yn olygus y diawl. Dechreuodd ei chalon guro fel gordd; pam oedd popeth mor gymhleth?

✦

Cerys (y prynhawn hwnnw)

'Cerys, wyt ti'n iawn?' Cydiodd Vittorio yn ei llaw yn dyner wrth iddi ddychwelyd i'r bar a'i phen yn ei phlu.

'Wel, na. Dwi newydd weld Lois ...'

'O, o'dd Hywel wedi ei gweld hi, oedd e? Hy! O'n i'n gwybod na fyddai e'n gwastraffu munud yn dweud wrthi am be welodd e ...'

'Doedd hi ddim yn hapus, Vittorio ...' Doedd dim angen iddo fe wybod mai hi oedd wedi dweud wrth Lois; a ta beth, mater o amser fyddai hi cyn bod Lois wedi ffeindio mas amdanyn nhw. Ond doedd hi ddim eisiau strywo pethau gyda Vittorio; roedd hi eisiau i'r berthynas yma weithio. A dweud y gwir, roedd hi'n amau, efallai, ei bod hi wirioneddol mewn cariad ag e. Doedd hi heb deimlo fel hyn ers dyddiau Marc Arwel yn y Coleg; wel, roedd hi wedi gwrthod gadael iddi hi ei hun deimlo fel hyn ers hynny ... Ond roedd Vittorio wedi llwyddo i'w rhwydo gyda'i garisma a'i bŵer rhywiol drosti. Roedd e'n soffistigedig, yn ariannog, yn garwr heb ei ail ac yn medru chwarae'r gêm cystal â hithau. Doedd hi ddim eisiau ei golli.

'Ond dwi'n meddwl y dylet ti wybod ei bod hi a Hywel wedi dechre perthynas ... Dyna pam oedd Hywel 'ma heddi yn y bar ...' Doedd hi ddim eisiau i Vittorio fynd draw at Lois â thusw o flodau, yn ymbil am faddeuant ... a doedd hi heb addo cadw'r gusan yn gyfrinach chwaith. A ta beth, roedd ei chyfeillgarwch gyda Lois yn y bin.

'Beth?' cododd Vittorio ei aeliau wrth iddo gynnau sigarét.

'Ma'n nhw wedi bod yn agos ers blynyddoedd; dwi'n meddwl eu bod nhw'n siwtio ei gilydd. Oes ots 'da ti?'

'Wel, doedd pethe'n amlwg ddim yn iawn gyda Lois ers tipyn, ac rwyt ti wedi cipio 'nghalon i nawr … Roeddwn i am orffen pethe gyda Lois ta p'un. Mae'n ferch neis ond nid hi yw'r ferch i fi …' Gafaelodd Vittorio ynddi a'i chusanu'n dyner.

'Dwi'n falch bo' ti'n meddwl hynny,' gwenodd Cerys arno. 'A dwi'n falch bod nhw'n gwybod amdanon ni. O'n i ddim eisiau mynd tu ôl i gefn Lois; nid dyna'r math o fenyw ydw i. Dries i am wythnosau i beidio ildio i demtasiwn ond rwyt ti'n rhy secsi i fi wrthod …'

Gwenodd Vittorio a gweiddi ar y gweinydd oedd yn sychu byrddau gerllaw, 'Leo, ma Cerys a fi'n mynd i edrych dros y cyfrifon; mi fyddwn ni 'nôl erbyn pump …'

Gafaelodd yn llaw Cerys a'i thynnu at y drws. Gwenodd Cerys. Roedd popeth yn iawn; byddai Vittorio, a chyn hir, ei far, yn eiddo iddi hi a byddai hi'n gwneud yn siŵr na fyddai'r un fenyw arall yn eu cael nhw byth.

✦

Hywel (Yr un pryd)

Doedd Hywel ddim yn gwybod pam roedd e wedi prynu'r potyn o flodau o'r farchnad yn y Rialto i Lois. Teimlai'n ddigon o ffŵl yn barod heb y *geraniums*.

'Hywel, dwi'n falch bo' ti yma,' gwenodd Lois arno fe ond gallai weld ei bod hi wedi bod yn crio. *Shit!* O'dd e wedi ei hypsetio cymaint â hynny neithiwr gyda'r gusan? Agorodd Lois ddrws y fflat â dwylo crynedig a dilynodd Hywel hi i'r ystafell fyw. 'Ti ishe dished?'

'Na, dwi'n iawn diolch. Dwi wedi cael lot o *espresso* heddi.'

'*Hangover?*'

'Gallet di weud hynny.'

'Gwranda Hywel ...'

'Lois ...' O mowredd! Pwy oedd am siarad gynta? 'Cer di'n gynta,' gwenodd Hywel wrth gnoi ei ewinedd.

'Dwi 'di ffaelu meddwl am ddim byd arall ond am y gusan yna ...'

'Na finne ...'

'A dwi ishe i ti wybod ...'

Roedd e'n methu dioddef hyn; roedd e'n amlwg wedi gwneud camgymeriad mawr yn meddwl y byddai Lois yn ei garu fe o flaen Vittorio, y styd Eidalaidd, golygus! Torrodd ar ei thraws eto. 'Sdim ishe i ti weud dim byd ... Fi'n gwybod ei fod e'n gamgymeriad. Mae'n ddrwg 'da fi, digwyddith e ddim eto ... Gobeithio gallwn ni achub ein cyfeillgarwch ... Mae'n meddwl y byd i fi ...' *Shit!* Roedd e'n dechrau llefain fel babi; be ffyc oedd yn bod arno fe? Cododd i fynd; roedd e'n methu dioddef cael y sgwrs yma; dylai fod wedi cadw draw a gadael y dwst i setlo.

Cododd Lois a gafael yn ei law yn dyner. 'Eistedd lawr, y ffŵl. A gad i fi ddweud be dwi ishe dweud ... Rwy'n dy garu di Hywel. O'n i'n meddwl 'mod i'n dy garu di fel ffrind. Ond wi'n gwybod nawr bod e'n fwy. Allwn ni ddim anwybyddu'r gusan 'na. A dwi ddim ishe. Dyna'r gusan orau dwi wedi ei chael erioed … A dwi'n gwybod bo' ti dal yn galaru a bod angen amser arnat ti … Ond dwi yma a phan ti'n barod, licen ni drïo bod yn fwy na ffrindie, os wyt ti'n cytuno?'

Teimlodd Hywel bwl o ryddhad a gorfoledd wrth wrando ar ei geiriau. Roedd hi'n ei garu e! Yn ei garu e fel cariad! A gwyddai wrth edrych ar ei hwyneb prydferth, wyneb yr oedd wedi ei adnabod cystal â'i wyneb ei hun ers yn agos i ugain mlynedd, ei fod yn ei charu hithau hefyd.

'Ond beth am Vittorio?'

'Dywedodd Cerys wrtho i pnawn 'ma ei bod hi a Vittorio wedi cysgu gyda'i gilydd …'

Ochneidiodd Hywel yn dawel, 'Fe weles i nhw'n cusanu yn y bar bore 'ma, ond o'n i ddim yn siŵr a ddylen i ddweud wrthot ti neu beidio …' Yna daeth syniad annifyr i'w ben. Oedd Lois ei eisiau fe achos bod Vittorio wedi symud at Cerys?

Cyn iddo fedru gofyn iddi, roedd yn amlwg ei bod wedi darllen ei feddwl.

'Na, dwi ddim eisie bod gyda ti achos bo' Vittorio wedi bod yn anffyddlon, y ffŵl,' gwenodd Lois gan sychu'r dagrau o'i llygaid. 'O'n i'n gwybod neithiwr wedi'r gusan fod pethe drosto gyda Vittorio. A phan ddywedodd Cerys wrtho i heddi, o'n i'n grac 'da hi am fradychu'n cyfeillgarwch ni, ond doedden i ddim yn becso taten amdano fe … Fe wnaeth e fy nenu i ar y cychwyn am fy mod i dal i feddwl nad ydw i'n ddigon rhywiol i fachu rhywun fel Vittorio, dyn soffistigedig, golygus, llwyddiannus ...'

'Rwyt ti'n anhygoel, ac o'dd e'n lwcus y diawl i dy gael di,' dywedodd Hywel gan afael yn ei llaw.

Gwenodd Lois, 'Ma angen i fi weithio ar fy *self-esteem issues*, fel bydde'r seicolegwyr yn dweud ... Ond na, dwi'n falch bod pethe drosto 'da Vittorio; bydden i wedi gorffen pethe ta beth –dyw'r berthynas ddim wedi bod yn iawn nawr ers tipyn. Mae e a Cerys yn siwtio'i gilydd i'r dim.'

'Ydyn,' nodiodd Hywel. 'Ond bydd hi wastad yn edrych dros ei hysgwydd achos dyw e ddim y teip o foi sy'n aros yn ffyddlon am sbel.'

'Wel, dyna ddigon amdanyn nhw,' dywedodd Lois gan fwytho'i wallt a'i symud i ffwrdd o'i lygaid. 'Beth amdanon ni? Dwi'n barod i gymryd pethe'n araf ... Dwi ddim ishe hastu ti ...'

Rhoddodd Hywel ei freichiau am ei chanol a'i gwasgu'n dynn tuag ato cyn ei chusanu. Roedd y gusan hon yn well na'r un gynta ... Roedd e wedi poeni y byddai'n meddwl am Meleri pe fyddai'n cusanu menyw arall. Ond roedd y profiad o gusanu Lois yn gwbl newydd a gwahanol a gwyddai nawr na fyddai'n effeithio ar ei berthynas â Meleri; byddai'n driw iddi hi yn ei galon am weddill ei oes. Ond gwyddai fod angen Lois arno i fod yn hapus ac i fedru symud ymlaen â'i fywyd.

'Dwi ddim ishe oedi mwyach,' dywedodd Hywel yn benderfynol wrth Lois a chusanu ei llaw yn gariadus.

'Ma bywyd yn rhy fyr; beth bynnag sy ar ôl gen i, dwi ishe ei rannu e gyda ti ... Beth wyt ti'n ddweud?'

Cododd Lois ei law at ei boch a gwelodd y dagrau'n ffrydio i lawr ei gruddiau. 'O'dd yn rhaid i fi ddod i'r Eidal i syrthio mewn cariad gyda fy ffrind gorau ...'

Nodiodd Hywel yn falch, 'Mwy cawslyd na Mills and Boon.'

Tynnodd hi i'w freichiau drachefn, 'Dwi wastad wedi dwlu ar Mills and Boon,' gwenodd Lois. A gwyddai Hywel, beth bynnag a ddigwyddai yn y dyfodol, gyda Lois wrth ei ochr, y gallai ymdopi ag unrhyw beth.